# El invierno llegó sin avisar

Karla
Zárate

# El invierno llegó sin avisar

Karla Zárate

Ediciones Destino
Colección Áncora y Delfín

Diseño de portada: Planeta Arte & Diseño / Erik Pérez Carcaño
Fotografía de portada: © Des Panteva / Arcangel
Fotografía de autora: © Mena


Bajo el sello editorial DESTINO M.R.
Avenida Presidente Masarik núm. 111,
Piso 2, Polanco V Sección, Miguel Hidalgo
C.P. 11560, Ciudad de México
www.planetadelibros.com.mx

Primera edición en formato epub: octubre de 2025
ISBN: 978-607-39-3583-8

Primera edición impresa en México: octubre de 2025
ISBN: 978-607-39-3340-7



Impreso en los talleres de Grafimex Impresores S.A. de C.V.
Av. de las Torres 256, Colonia Valle de San Lorenzo,
Iztapalapa, C.P. 09970, Ciudad de México.
Impreso en México - *Printed in Mexico*

Algunos dicen que las atrocidades que cometemos en la ficción son los deseos ocultos que no llevamos a cabo en una civilización controlada. No estoy de acuerdo. Creo que el cielo y el infierno son lo mismo. El alma pertenece al cielo, el cuerpo, al infierno.

LARS VON TRIER

Su cuerpo estaba dividido: por una parte, su cuerpo propio —su piel, sus ojos— tierno, cálido, y, por la otra, su voz, breve, contenida, sujeta a accesos de distanciamiento, su voz, que no daba lo que daba su cuerpo.

ROLAND BARTHES

...mata y escribe.

CÉSAR VALLEJO

# Uno

Nevó.

Los meteorólogos no lo pronosticaron. En una temporada de inestabilidad atmosférica, los informes climáticos anunciaron un frente frío con probables chubascos. Mencionaron una masa de aire helado, un descenso abrupto de temperaturas, pero jamás la nieve. Y ahí estaba, cayendo silenciosa y frágil. El evento fue insólito, un desvarío de la naturaleza.

El clima es impredecible, una fuerza que escapa a nuestro control. Los animales, con su instinto ancestral, perciben lo que el ser humano apenas empieza a comprender. Los elefantes detectan las vibraciones de los sismos y se marchan a otros terrenos para mantenerse a salvo. Las aves migratorias desvían sus rutas ante las señales de peligro. Las ranas croan con mayor intensidad antes de la lluvia. Los gatos se esconden cuando se avecinan tormentas eléctricas. Ciertos peces nadan frenéticamente al acercarse un tsunami. Incluso, hay plantas y flores que modifican la dirección de sus hojas ante las diferentes posiciones del sol.

Hacía décadas que no ocurría algo así en la Ciudad de México y, cuando sucedió, se dio como todo lo inevitable: sin aviso, como la muerte, como el amor, como los acontecimientos que no prevemos pero que nos cambian la vida.

En medio de este invierno inesperado y perpetuo, la nieve fundió la certeza de que nada es imposible y que todo es probable.

Un charco rojo en el suelo refleja tu silueta, como un espejo que todo lo observa, devolviéndote una versión distorsionada de ti misma. La mesa, el librero y las paredes están salpicadas de sangre; las gotas irregulares narran una historia. La tuya, la suya.

La de ambas.

La música suena en el ambiente. No reconoces la canción, son solo voces y acordes que intentan llenar el vacío del espacio. Respiras una calma inquietante; una extraña serenidad habita el aire espeso. Estás mareada. Tu visión se empaña, todo se estira, se curva en espirales, plegada sobre sí misma. El mundo se ladea, o eres tú quien se gira, no lo distingues. La náusea sube por la garganta en oleadas, un ardor ácido te corta el aliento. Te vas a caer, vértigo sutil, pero sigues de pie en el mismo lugar. La realidad se fisura. El tiempo y tú colapsan. El corazón te golpea el pecho, rápido. Demasiado rápido. Luego lento.

Más.

Lento.

Eso mismo debe sentir el alma al abandonar la carne, al desprenderse del cuerpo. Eso debió sentir ella cuando le arrancaste la existencia.

Le tocas una mejilla. Está tibia, es una resistencia a dejar la vida. Su piel habla en un lenguaje visceral, íntimo, que intentas comprender. Se comunica a través de los poros, en cada vello erizado, con el último escalofrío, en súplicas ahogadas. Al deslizar tus manos por sus brazos, pecho y cintura, es ella quien deja una huella indeleble en ti. Su cabeza yace inclinada; los párpados entrecerrados; la boca apenas abierta, como si estuviera a punto de decir algo, un secreto, tu nombre, tal vez un gemido. Mueves el pelo que le cubre parte del rostro; descubres una rara expresión, de placer y terror amalgamados, éxtasis, abandono. Entrega. Quisieras congelar ese gesto, memorizarlo para siempre.

Reflexionas en lo absurdo de los deseos humanos, los anhelos más primitivos. ¿Por qué esas ansias de probarla, esa voracidad por capturar su esencia, esas ganas de aprehenderla para creer que la haces tuya? Al quitarle las botas y las calcetas, el aroma ligeramente ácido de sus pies se dispersa frente a ti. Ampollas, piel reseca y áspera, uñas moradas: dignos indicios de una maratonista. Cada uno lleva rastros de los caminos por los que anduvo, de los kilómetros que corrió.

Le retiras los pantalones, forcejeas: están entallados. Las piernas, que alguna vez tuvieron fuerza y movimiento, ahora descansan. Sobre los muslos dibujas espirales y líneas, escribes su nombre, tu nombre; apenas la tocas con la yema de tus dedos, imaginas que el roce aún puede excitarla. Con cuidado, le bajas los calzones, una tanga de algodón negro. En el centro hay una delgada mancha blanquecina, una marca de vida impregnada. Aspiras el olor de sus fluidos más íntimos; te embriaga el aroma del flujo de la ovulación, de la capacidad del ciclo reproductivo. Es dulce, traza de fruta madura al borde de fermentar. Le quitas la blusa y el suéter, ambos escotados, también negros. No trae brasier, no le gustaba usarlo, lo odiaba, decía que era incómodo. Se asoman los senos; los pezones erguidos brillan a la luz de las velas, parecen de cera.

Desnuda, quieta. En ese estado luce más delicada y bella que nunca, como una fotografía iluminada por secciones, con contrastes que juegan entre destellos y sombras; parece una escultura de mármol, la imagen de una antigua diosa sin alma. Es una obra maestra, un tributo a lo efímero, un fragmento de la posibilidad de lo infinito atrapado en este mismo instante. Frágil, vulnerable, incluso en su perfección.

Es hermosa.

Es tuya.

Y está muerta.

Sobre la piel, lienzo blanco de tersa textura, resaltan sus finos tatuajes, cicatrices de tinta que nunca lograste descifrar. Un triángulo en el brazo derecho, quizás una alegoría a la perfección; un círculo en el izquierdo, la armonía perseguida. Un diamante, hallazgo de sí misma; tres flechas apuntando hacia el frente señalan el destino inevitable. Una delgada ola, el flujo incesante de vida que ahora has detenido. Una estrella arriba del pubis, su tatuaje más íntimo, secreto que solo pocos, según ella, tuvieron el privilegio de conocer. Guiada por la devoción, acaricias la barbilla, delineas la quijada, rodeas el cuello con las dos manos, no con violencia, sino con una intención casi reverencial.

Desde el centro de su pecho trazas una línea hasta llegar al abdomen, luego al ombligo, el origen, el punto medio, el centro, el equilibrio de todo; hundes el meñique ahí. Tu mano continúa explorando, desciendes, te encuentras con una sombra de vello claro que apenas cubre la entrada a su interior. Sigues con el contorno de los labios, bordes sagrados, rosados; con un movimiento tímido metes un dedo, dos; rodeas las resbalosas paredes todavía cálidas, como si se resistieran a perder algo de su vitalidad; llegas al fondo, al punto que parece el final.

Está tan húmeda como tú.

Miras su nariz, el tabique, los orificios de las fosas nasales por donde desde hace varios minutos no entra ni sale oxígeno. Ya no aspira vida. Lo que esa protuberancia un poco aguileña respiró por última vez fue tu aliento, y tú captaste, una vez más, su olor. En esa exhalación se escaparon el miedo y la esperanza. Ella solía exagerar sobre el tamaño y la forma, se comparaba con Cleopatra, la Callas, Barbra Streisand; sin embargo, juró mil veces que jamás se la operaría por las posibles desfiguraciones y por el dolor del procedimiento. ¿Quién podría imaginar que tú eres la que está separando la piel del hueso con la misma delicadeza con la que lo haría un cirujano plástico? Con el cuchillo que usaste apenas hace un rato, cortas la punta, un trozo nada más. El crujido del filo resuena. Colocas el pedazo de nariz sobre la tuya. ¿Cómo te quedaría? ¿Armoniza con tu fisionomía facial? Su olor favorito era el de las casablancas, como las del ramo que le trajiste. Tu amada amiga, tu entrañable enemiga. Ya no podrá aspirar ni ese aroma ni el de su perfume predilecto, frutal, con destellos de limón y menta.

Las servilletas de tela no son suficientes para limpiar la sangre.

Los ojos aún te observan, surcados por decenas de rayas purpúreas en los extremos que se cruzan en el espacio blanco. Las pupilas dilatadas, negrísimas; el iris es más verde y vívido. Tratas de arrancarlos. Están demasiado adheridos. Te esfuerzas, metes las uñas y, con mucho esfuerzo, desprendes los globos oculares. Brotan hilos de sangre; lágrimas rojas resbalan por sus mejillas hasta llegar al cuello y al pecho. Sostienes sus ojos como dos joyas valiosas. Qué ganas de cambiar tu ojo dañado por el suyo y poder ver con la claridad con que ella percibe todo lo que le rodea. Te preguntas si habrán intuido su destino, si hubo un reflejo del inminente final. Las cavidades quedan vacías: los párpados entrecerrados, arrugados.

Las orejas, aún blandas y maleables, semejan dos conchas de mar, delicadas y llenas de susurros huecos. Ya no podrá escuchar la música que tanto le gustaba, ni tu voz, ni el canto de los pájaros por la mañana. Con mucho cuidado, retiras un pendiente, una arracada, un par de brillantes y una bolita de oro, aretes que más tarde te pondrás en el mismo lugar y orden, aunque ello implique perforarte. Cuando estaba nerviosa, solía tocarse el lóbulo izquierdo, eso le aliviaba la tensión.

Extirpas ambas orejas con sendas tajadas.

Más sangre.

Te acercas y le dices: «Te amo, te odio, te amo, puta, ladrona». Sellas tus palabras con un beso en sus labios aún pintados de rojo vibrante. Te hubiera gustado que respondiera que ella también, pero ni una palabra más será articulada: ya no podrá escapársele ninguna palabra. Nada. Ahora es muda. La boca está abierta. Con un tirón suave jalas la lengua hacia afuera. La cortas, con cuidado de no rajar nada más en el proceso. Ese pedazo de carne recién extraído, ancho y en forma de cono, queda inerte sobre la mesa, como una especie de molusco o un coágulo enorme. Con sus miles de papilas gustativas, ella saboreaba su comida favorita, el sushi, y los postres de cualquier tipo. Comía poco, con reservas, cargada de culpa. Siempre envidiaste la forma en la que hablaba: podía hacer que cualquier frase sonara inteligente y profunda, incluso en sus pausas.

¿Lo último que pronunció? «No, por favor…».

Las manos son largas y finas; las uñas, impecables, pintadas con una capa de barniz negro. Con esas manos, tu admirada colega tecleaba ensayos brillantes, exquisita prosa, sublime poesía. Transformaba pensamientos en arte, bordaba ideas con la facilidad con la que otros respiran. Frente a la computadora, acariciaba el teclado, deslizaba los dedos con gracia, como una pianista ejecutando una sinfonía de letras. No como tú, que aporreas las teclas con brusquedad. El anillo en forma de V con un diamante sobresale en el dedo de en medio de la mano izquierda. Nunca se lo quitaba. Era una marca de identidad, un símbolo: formaba parte de ella. Entra con facilidad por tu anular. Sientes una punzada en la falange, como si reconociera que no es suyo. No te lo quitas. Te queda perfecto.

El cuchillo tiembla, o quizás eres tú. Estiras su mano sobre el suelo; acomodas la hoja sobre su índice izquierdo. Un tajo. Fue superficial, solo un rasguño. Otro. No es suficiente. El filo se hunde, los tendones resisten. Necesitas más fuerza y más presión. El cuchillo encuentra el hueso. El grave crujido te estremece. Las fibras aún lo sujetan, están tensas. Cortas de nuevo, el metal se atasca. Segas con ímpetu el músculo, el cartílago, el tendón. Por fin, el dedo se desprende. Sigues con el derecho. La sangre es pegajosa. Viene un silencio que se interrumpe por tu respiración precipitada y por la canción que empieza a sonar: «Pale Blue Eyes», The Velvet Underground.

*But mostly, you just make me mad.*
*Baby, you just make me mad…*
*But it´s truly, truly a sin.*

Ella te robó tu historia. La que tú intentaste escribir y no pudiste. La que a ella sí le publicaron. La que fue ovacionada como si fuera suya. Pero tú le has robado los cinco sentidos. La vista con la que percibía la realidad, los colores de las cosas, las formas; los ojos con los que leía, con los que estudiaba cada uno de tus gestos sin decirte nunca lo que realmente pensaba. El oído con el que atrapaba sonidos, ruidos, canciones; las orejas con las que te escuchaba hablar. El gusto con el que probaba diferentes sabores; la lengua con la que salivaba, con la que hablaba varios idiomas, con la que en tantas ocasiones pronunció tu nombre, con la que te besó a ti y a muchas otras personas. El olfato, el más primitivo de los sentidos, con el que reconocía olores; esa nariz tan peculiar por donde inhalaba y exhalaba. El tacto con el que percibía el mundo a través de la piel, con el que reconocía texturas; los dedos con los que escribía.

Acomodas las partes removidas sobre el mantel blanco: ojos, nariz, orejas, lengua y el par de falanges: su identidad. Esas partes de su cuerpo le permitían interactuar con el entorno, influían en la forma de experimentarlo todo, sentir las emociones, revivir los recuerdos. Acercas las velas a las piezas: evocan reliquias expuestas en una galería o museo, tu preciada colección.

¿El resto del cuerpo? Lo vas a dejar ahí mismo, en su casa, en el suelo, donde está ahora, cubierto de sangre, sin pistas ni nada que te delate.

Mi nombre es Eugenia Cuevas. Soy escritora, siempre quise serlo. En casa teníamos un librero inmenso y sin duda eso influyó. Yo lo veía como un enorme animal de madera, un león que rugía historias y leyendas, y no me daba miedo. Me gustaba elegir los tomos al azar, abrirlos, hundir la nariz en las hojas que olían a papel, a tinta, y sumergirme en ellos. Me divertía, me alejaba de la realidad. Y cuando leía, la gente a mi alrededor casi no me hablaba.

Nos sentábamos los tres, mis padres y yo, a leer todas las tardes. Era nuestra forma de convivencia, de estar juntos sin hacernos tanto caso. Cada uno estaba en su mundo, en otras páginas, con distintos personajes y tramas, pero compartiendo el mismo silencio. Me enseñaron a leer con disciplina, a sentarme correctamente: la espalda recta, el libro a cuarenta centímetros de distancia, debajo de los ojos, no al frente, ya que eso lastimaba la vista y la postura. Leer así me resultaba incómodo; no tenía que ser una actividad tan rígida. Prefería hacerlo a mi manera. Era hija única y toda la atención era para mí, pero, cuando nadie me miraba, me tumbaba sobre el suelo o el pasto, boca arriba, boca abajo, con las piernas en alto o enredada en posiciones imposibles. En esos momentos de libertad, la lectura cobraba otra dimensión; mi cuerpo participaba: igual que las narraciones, yo también daba giros inesperados. Entonces la lectura se volvía un viaje absoluto. No solo leía o imaginaba lo que leía. Habitaba las historias. Podía ser la boa de *El Principito*, engullía un elefante sin que nadie entendiera lo que de verdad había dentro de mi silueta. O el gato con botas, caminando con elegancia y astucia, engañando a reyes, a ogros. A veces era un escarabajo de oro, misterioso y brillante, escondido en cofres ocultos y llenos de tesoros. Me escapaba en naves espaciales o en submarinos hacia lugares desconocidos e inexplorados, galaxias lejanas, planetas que gravitaban, ciudades hundidas en el fondo del mar. O iba al centro de la Tierra. Me movía por túneles subterráneos donde me convertía en una criatura de la noche. Me alimentaba de la carne y de la sangre de los animales que atrapaba con mis propias garras. No necesitaba de nada ni de nadie, ni siquiera de mis padres. A ellos los habría dejado atrás, atados a los barrotes de su cama para que nunca pudieran salir a buscarme.

La escritura llegó de otra manera. Lo hice, incluso, antes de hablar, según la versión idealizada de mis padres. Decían que, mientras otros niños aprendían a pronunciar *mamá*, *papá* o *leche*, yo me quedaba muda. Para comunicarme dibujaba garabatos que, de alguna manera, tenían un significado. Eran signos privados, símbolos rudimentarios que representaban lo que no podía decir: «Hambre», «Frío», «Sueño», «Caca»,

«Cárguenme en brazos». Ellos, con una paciencia que me sigue sorprendiendo, aprendieron a interpretar mis retorcidos grafos, que eran como jeroglíficos de una antigua civilización perdida, representaciones que equivalían a los primeros balbuceos de un niño. Por un momento temieron que tuviera un problema con el lenguaje, que mi mente no funcionara bien. Hasta que un día, sin previo aviso, comenzaron a salir de mi boca las palabras. Aprendí a llamar las cosas por su nombre.

Me pregunto qué habría pasado si me hubiera quedado en ese estado arcaico, comunicándome con las formas sin sonido que esbozaba. Viviría en un lugar donde el sol no sería el sol, sino una esfera candente que ilumina sin ser pronunciada; donde el cielo no tendría un título asignado, solo sería un telón azul sin dueño. En ese mundo, las montañas habrían sido formas elevadas sobre el horizonte; las estrellas, destellos dispersos parpadeando en la oscuridad. El fuego no habría sido fuego, sino algo que, si tocabas, dolía. El agua, un fresco alivio sin denominación. En mi universo silencioso las personas no se dividirían por nombres ni categorías; flotarían en un espacio mudo, indescifrable. No habría nombres propios, solo tú y yo, nosotros, presencias, cuerpos en movimiento, pieles que rozan otras pieles sin necesidad de evocarse.

La caligrafía me la enseñaron en el kínder. Hice planas interminables, siguiendo con mi lápiz las letras punteadas como si fueran un mapa que me llevaría a un destino aún sin conocer. Aprender a escribir bien no tenía el mismo encanto que leer, no era una aventura hacia la imaginación, sino una tarea obligatoria. Yo nunca pude escribir bonito. Mi letra era desproporcionada, grande y fea, y lo sigue siendo. Parecía un alfabeto incomprensible. Recuerdo las plumas que intenté domar, el color de la tinta que me manchaba los dedos, las texturas de algunos papeles, las páginas con márgenes rojos o azules, las de rayas, las de cuadros, las blancas. Los lápices a los que siempre les rompía las puntas cuando presionaba demasiado; el sonido áspero del carbón contra la hoja. Las gomas de borrar con aroma a frutas que olía con más placer que con el que debía. Todo lo que me sucedía era un recordatorio de que escribir no era tan inofensivo como parecía. Podía herir, lastimar, abrir pequeños cortes invisibles en mi cuerpo y en la realidad.

Había una frontera entre mi mirada y el mundo. Mi ojo izquierdo, desde el nacimiento, padeció una extraña condición: se iba por un camino errático, rebelde, siguiendo su propio curso, como un automóvil que se niega a recorrer la ruta. A simple vista el defecto era apenas perceptible, pero cuando el músculo ocular se cansaba, se entregaba al azar, se quedaba inmóvil en un punto impreciso, un poco bizco: un lejano faro extraviado en la neblina de la costa.

Los médicos ofrecieron soluciones; «ejercicios», les llamaban. Cubría el ojo sano con un parche, seguía algún objeto que mi madre movía frente a mí, con paciencia infinita, en círculos, en trayectorias rectas, hacia la derecha e izquierda, con alejamientos y acercamientos que nunca terminaban siendo acertados. Era cansado y tedioso. Yo me creía una pirata de los siete mares en busca de un tesoro que, en el fondo, sabía inalcanzable.

Después de incontables consultas y estudios, me informaron el diagnóstico. No había cirugía ni lentes milagrosos que corrigieran mi rareza. No me quedó otra más que acostumbrarme a ese ligero desajuste.

No era grave, tampoco una tragedia. Quizás una condena.

Cuando pienso en mi infancia, la boca se me llena de nostalgia. Hay un sabor a pasado, a algo perdido, tal vez inventado o que nunca existió. Quisiera regresar a ese momento, antes de haber aprendido a hablar, a leer y a escribir, para habitar el universo sin nombres donde yo solo era yo.

El escondite más seguro para los pensamientos es la mente, pero, incluso ahí, nada permanece intacto. Las ideas son fugitivas que siempre quieren escapar, engañándose a sí mismas. El cuerpo es cómplice y traidor. Delata con las miradas que se desvían en el momento equivocado, con la voz que se quiebra en cierto instante, con los gestos involuntarios sobre los que no hay control. Al escribir, se filtra lo que somos. Por más que se intente disfrazar el ritmo, las imágenes y las escenas, quedamos desnudos y expuestos.

Escribir es una madriguera que nos deja al descubierto.

En mi mundo adolescente, inventaba historias que después anotaba en mis libretas, el mejor refugio. Ahí quedaba a salvo todo lo que pasaba por mi mente y no podía decir en voz alta. No eran simples cuadernos; eran portales a otras realidades, escenarios ficticios mucho más interesantes que la realidad. Las personas que imaginaba eran más divertidas que las que me rodeaban. Me gustaba decidir sus destinos, elegir por ellos, cambiarlos, matarlos y revivirlos a mi antojo, sin culpa ni remordimiento.

Aún no sabía que eso tenía un nombre: ficción.

En mis esbozos, esos pequeños intentos de cuentos, podía hacer o ser cualquier cosa sin consecuencias: un guardabosques, una ballena perdida en el océano, una lámpara mágica, un objeto olvidado en un rincón. Ahí me atrevía a todo y pasaba todo. Si me aburría, lo que era frecuente, la escritura, mi arma secreta, me salvaba de hacer cosas de las que luego podría arrepentirme.

Fui descubriendo que escribir no solo me distraía, sino que le daba a mi existencia un significado distinto, infinito, maleable. Lo efímero se volvía tangible. Habitaba varios espacios a la vez. Podía detener el presente, dar marcha atrás al pasado o adelantarme a un futuro que aún no sucedía. Aprendí a mirar de otra forma, a narrar con detalle, a distinguir entre lo visible y lo invisible, a medir el peso oculto de cada letra. Los sonidos adquirieron una nueva forma: no solo los escuchaba, los sentía. El crujido de las hojas de un árbol, el silencio espeso de las nubes, la cáscara de una mandarina al pelarla. Los olores no solo evocaban recuerdos, eran cápsulas del tiempo que me arrastraban a lugares y emociones distintos, sin previo aviso. El perfume de las flores me devolvía a las primaveras de la infancia; el aroma de la tierra mojada, a las lluvias que tanto disfrutaba por las tardes; el olor a papel viejo, a mis primeras historias mal escritas.

La parte más difícil era darle orden a ese caos: los párrafos eran piezas de un rompecabezas sin imagen de referencia. Escribir era armar y desarmar frases con las que creía decirlo todo, pero no lo suficiente. Era común que me desesperara; lo sigo haciendo. Siempre había algo que se escapaba, un resto indecible, impronunciable, una sensación que se resistía a ser atrapada en el lenguaje.

El espacio que había entre lo que pensaba y lo que podía expresar, entre mis manos y el teclado, era lo más cercano a un abismo. Quería describir lo que se esbozaba en la mente como un susurro.

Por eso escribía.

Para contar lo que me parecía imposible decir.

De adulta supe que el oficio de escribir oscila entre lo sublime y lo ominoso, que puede llevarte a la gloria o arrastrarte al infierno. Entendí que la literatura no es solo un juego de palabras bien hiladas ni tampoco párrafos conectados entre sí con un principio y un final. Es mi reflejo, un retrato sobre la frágil y efímera condición humana.

Ya dije que me llamo Eugenia y que soy escritora.

Y que descuarticé a mi rival.

Mis padres aseguraban que mi gusto por la escritura viene de la bisabuela, pero yo nunca he creído que esas cosas tengan que ver con la genética. La sensibilidad, el talento, la forma de narrar y describir las emociones, ¿todo eso se puede transmitir como el color de los ojos, la forma de la nariz o de las orejas, la complexión? Las generaciones heredan un linaje de forma inconsciente, y eso es lo que las hace repetir sucesos, experiencias, traumas.

Los diarios de la bisabuela, los cuadernos con poemas y el borrador de una novela inconclusa habían permanecido en un estante del librero, a la vista de todos, pero sin ser vistos por nadie. El destino suele señalar lo que nos pertenece, de modo que un día llegaron a mis manos. No solo hallé esos objetos, sino también fragmentos de un universo oculto. No sé qué hacían en ese lugar y cuánto tiempo llevaban ahí esos tomos viejos, ni escondidos ni envueltos, solo inadvertidos. Existían como lo hacen los muebles de una casa: espectadores del paso de los días y los años, de las conversaciones y silencios. Testigos de las historias de las personas que no se detuvieron a mirarlos.

De mí.

De mi vida hasta entones.

El hallazgo me pareció literario. Era como «La carta robada» de Poe, colocada en un lugar simple y visible, demasiado evidente para ser descubierta. En el relato de Poe, la misiva no estaba escondida en una caja fuerte o en un desván, ni enterrada en un baúl polvoriento; se encontraba expuesta ante los ojos de todos en un sitio tan obvio que se pasó por alto.

Así funciona la mente. Buscamos en los rincones más sombríos, en lo prohibido, cuando en realidad lo que importa suele estar frente a nosotros. Es fácil ignorar lo obvio.

¿Cuántas veces mis propias manos los habrán rozado, tocado, sentido sin observarlos realmente? El olor me atrapó primero. Moho, hierbas secas, un rastro de vainilla, indefinible, que solo emana de las cosas que pertenecieron a otros tiempos. Ese aroma añejo me hizo estornudar.

Humedad. Olvido. Tinta. Al hojear los cuadernos me transporté al pasado de una persona de la que me habían hablado pero a la que nunca conocí: la bisabuela materna. Estaban escritos a mano con trazos elegantes, de otra época. Las curvas, las líneas y la perfección en los grafos eran reflejo de la autora: los extremos de algunas letras eran gruesos, como si fueran afirmaciones; otros, delgados y desdibujados, apenas rozaban la superficie, como si no quisieran quedarse del todo. Las consonantes parecían estirarse con autoridad, mientras que las vocales se encogían. Los acentos, comas y puntos, colocados con determinación, se distinguían en los renglones. La caligrafía reflejaba la educación de una joven destinada a seguir las reglas; mostraba que una herramienta para comunicarse, aprendida en el colegio de forma sistemática, era otra forma de manifestación sensible, artística, que me invitó a descubrir lo evidente. Eran marcas, pruebas de que la bisabuela existió.

En los diarios de adolescente relataba su vida cotidiana de una forma peculiar; eran crónicas discretas, instantes de contemplación. De sus clases de piano contaba cómo los sonidos se expandían en el espacio: «Parecía que el piano también quería cantar, las notas resonaban en la sala: do, re, mi, fa, sol, el pentagrama parece una escalera por donde subo o bajo». Odiaba las lecciones de francés, eran tediosas repeticiones: «Je, tu, il, elle, nous, vous, ils, elles. Je désire connaître la mer et qu'un grand amour vienne des vagues». Las visitas familiares de los domingos le resultaban poco interesantes: «Los adultos cuentan cosas que me aburren. Mi tío se fue a Texas y me trajo una muñeca. Yo quiero que me lleve mí a conocer otros lugares». Trepada en su yegua observaba los atardeceres en paseos interminables. No decía: «Fui a montar», sino que escribía: «Tormenta y yo volamos, nos salieron alas, abrimos surcos entre el pasto verde para llegar hasta nubes».

Los diarios continuaron y su modo de expresarse fue cambiando junto con ella; se tornó más críptica, aunque siempre descriptiva. Confesaba un gran amor por alguien, no decía su nombre pero sí que se sonrojaba en cada encuentro furtivo. «Tiene el pelo castaño, ondulado, podría perderme en ese pantano. Hay veces que no puedo mirarlo a los ojos, creo que le van a salir espadas de las pupilas, ¿qué pasaría si me las entierra en el corazón? Mis mejillas se pintan de sangre cuando lo veo». Tormenta no era un animal cualquiera, describía en fragmentos. «No sé por qué nombré así a mi yegua; parecía una advertencia, ella no se doma y se somete solo ante mí. Su pelaje es gris oscuro, se vuelve negro cuando la lluvia moja su lomo. Su crin, larga y despeinada, se mueve agitada como trigo con el viento que viene del norte. Sus ojos enormes desafían a quien se le pone enfrente. A veces no sé si soy su jinete o su presa, pero Tormenta y yo galopamos libres, cortamos la bruma que se forma antes de que se vaya el sol. Huimos de algo que nunca nos va a alcanzar».

No sé si mi bisabuela conoció el mar, si se habrá sumergido en él, a qué le supo el agua salada, si le gustó la textura de la arena en los pies. No sé si viajó a otro país ni si la relación con esa persona se consumó o fracasó. Pero con Tormenta, volaba.

En sus poemas se filtraba algo más, eran un puente a su vida, grietas por donde se asomaba su interior desbordado. Deseaba leerla con detenimiento: merecía el mismo cuidado y dedicación con el que ella trazó las letras. Con mi lectura creí que podía devolverle algo de vida. Su poesía sí hablaba sin tapujos de amores frustrados, de sueños imposibles y de una melancolía que no terminaba de explicar pero que tampoco podía abandonar:

> ¡Qué muy tristes mis versos!, ya lo sé,
> porque van impregnados de amargura;
> caminando por el mundo solo hallé
> penas sin fin, el llanto, la tortura.

Lo que más me inquietaba era el borrador de la novela, las páginas sueltas, los diálogos suspendidos, inconclusos, los párrafos interrumpidos. Un desenlace que nunca llegó. No sé si fue por falta de tiempo, por miedo o por cansancio. Pudo haberse extraviado, no en la trama, sino en la vida.

Tal vez las dudas que tengo al escribir fueron su mayor y más sensata herencia.

No lo sé.

Mi madre decía que yo era la elegida para darle voz a la bisabuela, la bisagra que uniría generaciones, la guardiana de sus letras; quien debía rescatar su obra, evitar el olvido, darle un sentido que trascendiera en el tiempo. No estaba segura de querer cargar con una historia ajena, sostener un legado, resignificar a alguien a quien nunca conocí.

Vaya mandato el que me fue impuesto.

Dicen que, para apreciar la nieve de verdad, es necesario estar de pie, en medio del frío, temblando hasta los huesos, tiritando, como si la belleza solo permitiera que uno la comprendiera a través del sufrimiento. Lo que a mí me estremece no es el invierno que permea por los poros de la piel, sino el frío que quema, el calor que hiela, el placer que duele, que consume desde adentro. La escritura es lo mismo: está llena de contradicciones. Es un incendio en la escarcha, te abrasa o te congela el alma.

Tenía doce años cuando conocí la nieve en un viaje con mis padres. La infancia se derretía como hielo al sol, pero mi imaginación era una avalancha: me vi patinando sobre lagos congelados, caminando entre montañas blancas, deslizándome en las rampas y atravesando túneles secretos entre las montañas. Sería la verdadera Reina de las Nieves.

Desde la ventana del hotel, Montreal descansaba bajo un cielo pálido, apagado; no había una sola sombra porque el sol estaba ausente o escondido. Fantaseaba que la habitación era un iglú tan pequeño que solo cabía yo entre bloques de hielo, pieles de focas, huesos de ballena y tiburón, flechas con puntas de acero o piedra, deliciosa carne cociéndose sobre la fogata. Un trineo estaba esperándome afuera, jalado por perros esquimales que me llevarían a un recorrido inolvidable.

El desayuno del bufet no fueron los trozos de carne más tiernos del oso que en mi fantasía había cazado en las montañas; no lo abrí ni lo despellejé, no le saqué las entrañas ni me las tragué con sorbos de un brebaje. En su lugar, tenía frente a mí un festín muy diferente: panes de diversos tipos, carnes frías, salmón, quesos, mermeladas de frutos rojos y sirope de maple.

Mi padre contrató a un guía turístico exclusivo para nosotros. Se llamaba Albert. No sé cuántos años tendría; la edad no me importaba en esos momentos porque, para mí, el mundo se dividía en niños y en adultos. Pero había otra especie: los adolescentes, fieles camaradas, que con tan solo vernos podíamos saber lo que pensábamos.

Albert tenía el pelo rubio claro, largo, como el mío, lo que lo hizo sentirse familiar desde el inicio. Sus ojos eran azules, casi transparentes, los más claros que había visto en mi vida. Alto, delgado. Nunca entendí por qué no le daba frío, ya que todo el tiempo que estuvo con nosotros portaba una chamarra ligera que yo me hubiera puesto en el verano. Al conocerlo, no me extendió la mano, como hizo cordialmente con mis padres. Albert se puso en cuclillas, me dijo: «Bonjour, belle mademoiselle», se acercó a mí y frotó su nariz con la mía varias veces, de un lado a otro.

—Así se saludan los esquimales. Mira, esto es un beso esquimal —bromeó, en español con acento, y repitió la escena.

Sentí una punzada en la entrepierna.

El viaje, a partir de entonces, se volvió mucho más interesante. Mis papás se rieron junto con él, insistiéndole en que me hablara en francés para que yo practicara el idioma.

Albert nos contaba relatos divertidos, anécdotas, hechos reales o inventados. La leyenda que más me gustó fue la que trataba sobre la desaparición de Rose Latulippe, una chica de una familia conservadora y muy religiosa.

—Rose era una niña bella y alegre, como tú, *ma petite*. Su sueño era organizar una fiesta a la que asistieran todos los jóvenes del pueblo. Los padres pusieron la condición de que acabara justo a la medianoche, ni un solo minuto más tarde. Ella llevaría un bello vestido largo, blanco, de seda, que combinaba con los guantes y las zapatillas —continuaba hablando, sin detenerse.

—¿Y qué pasó? —preguntó mi madre, igual de ansiosa que yo por saber el desenlace.

—Bailó con un hombre misterioso la última canción de la noche. Simulaban flotar entre las nubes. Hay quien jura que los pies de ella no tocaban el suelo. Él le confesó que era Satanás. Le salieron cola y cuernos, y con sus musculosos brazos cargó a Rose y se la llevó para siempre. Hoy en día los pobladores de la zona cuentan la historia a sus hijas para advertirles los riesgos que implica bailar con extraños —finalizó Albert con su encantador acento.

La leyenda no me asustó, solo me excitó aún más; quería ser Rose, bailar con Albert y que me llevara al calor del infierno para arder juntos. Por la noche, después de asegurarme de que mis papás dormían, me descubrí tocándome debajo del edredón, replicando en mi imaginación aquella sensación que me produjeron los besos esquimales y el cuento del diablo.

El viento sobre mi cara me congeló las esperanzas, ya nunca más volvería a ver a Albert. Al despedirnos sabía que era el turno de nuestro último beso esquimal. Cuando las dos narices se tocaron, levanté un poco la cabeza y lo besé en la boca. Sus labios estaban fríos.

Ese fue mi primer beso, ardiente por dentro y helado por fuera, como las ambivalencias que me han habitado desde siempre. Aquella experiencia en la nieve marcó el final de mi niñez y le dio entrada al turbulento y sofocante clima de la adolescencia.

Mi primera menstruación fue un tanto precoz. Y vergonzosa, a pesar de que conocía la naturaleza de lo que les sucedía a las niñas que se convertían en «señoritas». Fue en un viaje a la playa y, en lugar de evocar el mar, la brisa y las palmeras, solo recuerdo las punzadas en la panza que empecé a sentir una mañana. Al salir de la alberca, no noté los hilos rojos resbalar por mis muslos, pensé que eran agua. Me percaté de las miradas de las demás personas, sobre todo de las burlas de unos chicos que estaban por ahí. Miré hacia abajo: había sangre en el suelo, en mis pantorrillas y mis pies. En un impulso, con las manos la esparcí por el resto de las piernas; mis manos quedaron manchadas. Entonces comencé a perseguirlos, mostrándoles las palmas enrojecidas y ahuyentándolos como si fuera una bruja maldita. Les gritaba que si los llegaba a tocar quedarían marcados para siempre con destino al inframundo. Corrieron despavoridos, algunos cayeron a la alberca y otros se refugiaron abajo de los camastros. Era enorme mi satisfacción por haber descubierto el poder de mi primera sangre demoniaca, de mis fluidos íntimos.

De eso no se hablaba en la época de la bisabuela, era un tema tabú, como tantos otros. Usaban paños de algodón, lino o franela que debían lavarse. Los sostenían con cintas alrededor de la cintura porque la ropa interior de esa época no estaba diseñada para sujetar los trapos.

Ella se casó joven y seguramente virgen. ¿Le avergonzaba su sexualidad, estar desnuda, abandonarse al placer? En sus poemas se lee que estaba enamorada, yo lo dudo. Al menos no de su esposo. Muchos de sus versos hablan del amor, aunque ¿de qué otras cosas van a tratar si todas las historias giran en torno a él? Lo que sucede es que no siempre es llamado por su nombre.

Pensando que su escritura podría tener mucho en común con los místicos, hice un ejercicio con varios de sus poemas. Sustituí la figura de Dios por un nombre cualquiera, y el resultado fueron poemas eróticos en los que parecía sublimar los sentimientos. Sus palabras escondían una pasión, un deseo disfrazado de devoción religiosa:

> Me faltan las caricias de tu aliento,
> estoy ¡xxx! entre espinas y sin ti.
> Sentí quedarme trastornada, loca,
> abrazándome de ti con ansiedad.
> Y un beso último estampé en tu boca,
> cuyo eco resonó en la eternidad...

El poema estaba cargado de sensualidad, arrebato; con un lenguaje ardiente que solo podría haber estado dedicado a un amante. El éxtasis místico le dio voz a lo que de otra forma no pudo; la súplica espiritual fue un llamado al clamor de un cuerpo clandestino, en busca de la fusión total. El último beso sella el silencio, en sacrificio. Con una intensidad y pasión espiritual, la religiosa describe en sus textos arrebatos cargados de sensaciones físicas. La bisabuela le puso a su hija Teresa, igual que la Santa de Ávila. No sé si la elección del nombre fue inconsciente o si le puso así con toda intención, como un guiño a su mundo interior y a su admiración por la poeta del siglo XVI.

O todo a la vez.

Hallé solo fragmentos de ella, una imagen esquiva, retazos de un bordado, de un tejido inacabado. Era difícil verla, incluso imaginarla. No sé si la piel que la cubría era gruesa y si con ella se sentía más protegida o si, al contrario, era una capa tan fina que cada roce le quemaba, si las caricias le dejaban huellas invisibles. Desconozco si el paso del tiempo la hizo frágil como el papel sobre el que escribía o si su estructura ósea se mantuvo firme para sostenerla. No describe si la pasión le hervía tanto que la fiebre se filtraba por los poros, si el frío era un huésped permanente albergado entre sus costillas. No dejó testimonio de si era de esas personas que tiemblan con el viento helado del invierno o de las que caminan desnudas en las madrugadas sin estremecerse. ¿Se encendían sus mejillas con el deseo o con la vergüenza? ¿Se mordía las uñas cuando estaba nerviosa, los labios cuando reflexionaba sobre algo? ¿Cómo reaccionaba al sentir rabia o tristeza? No sé si alguna vez se fracturó un hueso, si tuvo alguna cirugía, si todas sus muelas y dientes permanecieron sin picaduras dentro de su boca. ¿Sus cicatrices serían queloides?

¿Sus manos temblaron al firmar el acta de matrimonio? ¿Tomaba la pluma con suavidad o la apretaba con fuerza cuando escribía cosas que la herían? ¿Sus dedos se tensaban al evocar lo que le enojaba? ¿Si escribía sus sueños, la tinta fluía mejor? ¿Se lavaba las manos de forma obsesiva como Lady Macbeth, pensando que así expiaría sus culpas?

¿Su pulso se alteraba al ver un atardecer? ¿A qué le temía?

Los ojos de la bisabuela eran claros, eso sí lo sé. Como los míos, o parecidos. Sin embargo, me pregunto si veía bien de cerca, mal de lejos; si tuvo cataratas que le nublaron la visión; si, al leer, las letras de los libros se desdibujaron con los años. Creo que usaba anteojos. ¿Le diagnosticaron algo parecido a lo que yo tengo en el ojo izquierdo, lo heredé de ella o eso es algo solo mío?

No escribió nada sobre su cuerpo, tampoco lo nombró. Y yo tenía muchas preguntas.

El sexo de la bisabuela bien pudo ser un lugar de gozo o resignación. No sé si se abría al placer o si se contraía por inercia; si hacía el amor con entrega, por costumbre, por obligación; si cerraba los ojos; si probó a uno o a más hombres; si alguien realmente pudo conocerla y explorarla, hacerla vibrar, sudar, gritar. ¿Qué tanto se cuelan las concepciones sobre el sexo de los antepasados en los descendientes? Mi sexualidad nunca ha estado marcada por la culpa.

En casa no creíamos en Dios. No había cruces colgadas en las paredes con cristos sangrantes y cabizbajos, tampoco estatuillas de santos vigilando desde los estantes. Nadie rezaba antes de comer ni se encomendaba a ninguna divinidad antes de dormir o para que las cosas sucedieran. Al cuestionarles a mis padres sobre la vida después de la muerte, me lo explicaban con átomos, energía y descomposición, ¡que viva la ciencia!

Sin embargo, me metieron a una escuela de monjas.

Cuando les pregunté por qué, respondieron que por logística: quedaba muy cerca de donde vivíamos. No tenía nada que ver con la fe, aseguraron desde una postura cómoda y práctica. Me parecía una razón sensata. Al principio.

Las monjas hablaban de un orden moral inquebrantable, de mandamientos, reglas, pecados, castigos. La religión no era un telón de fondo para actuar en la vida: era el guion entero de su discurso, como habría de esperarse. Y yo no tenía ningún papel ahí, era parte de un público conformado solo por mí. Me confundía ver cómo en nombre de lo que consideraban sagrado condenaban a los que pensaban diferente, si es que se atrevían a expresarlo. No encontraba en ellas humildad, sino autoridad y orgullo. Por cualquier desliz, hacían sentir miserable al prójimo.

Aprendí a pensar en otras cosas mientras repetían mecánicamente el padrenuestro y otras oraciones que para mí no tenían sentido más que el acto mismo de recitarlo. Juntaba las manos con fingida devoción y entre el hueco de las palmas cantaba mis canciones favoritas; en el altar imaginaba a Elvis vestido con túnica blanca: «Suspicious minds». «Dios lo ve todo», amenazaban las monjas. Yo sabía que mi mente era el único espacio donde nadie, ni el Todopoderoso, podía entrar.

Siempre dudé de si sus convicciones eran tan firmes como aparentaban.

«En la comunión, finge dolor de panza —decía mi madre—. Y no vayas a confesarte nunca. Da igual».

Pero a mí no me daba igual.

La primera vez que escuché la historia de Adán y Eva, me pareció un pésimo cuento infantil. Nadie puede salir de una costilla ni haber estado hecho de barro. Cuando aseguraban que el mundo se creó en siete días, hice cuentas y los comparé con los miles de millones de años que la ciencia nos demostraba. La Virgen embarazada sin penetración era una fábula de hadas; los libros de biología, con dibujos explícitos, decían otra cosa en cuanto a la reproducción del ser humano.

No existen los milagros. Tampoco la resurrección. Nadie murió por nosotros. Lo más raro era ver cómo todos lo aceptaban sin dudar, sin cuestionarse.

Desde un punto de vista científico e histórico, yo intentaba explicarles a mis compañeras la verdad: «Venimos del Big Bang, no de un soplo divino», levantaba la voz. «Antes fuimos criaturas marinas, un bicho de mar que a través de los siglos evolucionó», decía orgullosa de mis aseveraciones. «El diluvio universal no es real; los fósiles de dinosaurios, sí».

Me miraban ajena, como si hablara en una lengua extraña y estuviera equivocada, cuando yo lo único que quería saber era si la madre superiora había leído sobre la evolución. Nos enseñaban que la carne era débil y frágil, y debía estar sometida al espíritu, al tiempo que mi cuerpo se desbordaba y cambiaba sin mi permiso ni el de nadie.

Las fieras en mi cabeza eran menos hostiles que las de los pasillos del colegio. Y no pretendían ser ángeles.

Me subía la falda del uniforme arriba de las rodillas y me bajaba las calcetas hasta los tobillos para mostrar mis piernas torneadas. Lo que yo quería era parecerme a las cantantes y actrices de la época para atraer la atención de los chicos que iban los viernes a la hora de la salida. El pelo rubio ya lo tenía; utilizaba spray para el fleco, y una vez me lo pinté de rosa para parecerme, según yo, a Madonna, mi favorita. Me hubiera encantado salir desnuda en la portada de Playboy como ella o cantar «Like a virgin» en un concierto, con un traje negro de cuero y tacones altísimos, seduciendo al público en medio de cruces incendiándose.

La adolescencia era habitar todos los días un cuerpo extraño, más parecido a una jungla que a una pradera llena de flores en primavera. Era una selva densa, espesa, cambiante, donde intentaba sobrevivir, igual que en la escuela. Cada día descubría una alteración nueva: me dolían los huesos, las caderas se ensanchaban, los senos crecían, me salían vellos por todas partes y granos en la cara. Había muchos granos, toda yo era un volcán en erupción. Aún hoy es difícil acostumbrarme a esa tierra insólita que es el organismo.

En casa podía descansar del exterior que tanto me abrumaba. Pasaba las tardes acostada sobre el pasto, sintiendo cómo la hierba me arañaba la piel y me causaba comezón. Disfrutaba rascarme con una ansiedad brutal, incontrolable. Las uñas me dejaban marcas rojizas. La irritación era pasajera, pero algo en el acto de rascarme me hacía sentir real, presente en el cuerpo y en sus sensaciones.

Mi piel reaccionaba al contacto con ciertas texturas. La lana me daba calor y me sofocaba; las etiquetas de las blusas eran mi peor enemigo; el roce de los jeans me resecaba la epidermis. Pero el mayor escozor no venía de afuera. Las ronchas brotaban por las emociones que no encontraban mejor salida. A mí lo que me picaba era la vida.

Un día, tendida en medio del jardín de casa, el sol me lastimaba, me obligaba a mantener los ojos cerrados y hacía que viera un telón rojizo con manchas que se movían dentro de mis párpados formando figuras. La comezón causada por el pasto empezaba a asomarse. Escuché algo a mi lado, un sonido casi imperceptible que me sacó del desasosiego. Giré la cabeza, era un pájaro con plumas blancas, grises y negras, brillantes, en contraste con el pico mate. Daba brinquitos sobre sus extremidades, buscando algo, desorientado. Sin mucho esfuerzo, me levanté y lo capturé. Estaba herido de un ala. Lo tomé del cuello, le acaricié la cabeza y el resto del suave plumaje. Me llamaron la atención sus ojos oscuros, donde me vi reflejada. ¿Se habrá visto él en los míos? El ave seguía viva, su corazón aún palpitaba, lento, al contrario del mío que parecía pronto a explotar.

En la mitología de algunas culturas, las criaturas voladoras tenían poderes sobrenaturales. Podían morir y renacer una y otra vez o, si se oía su canto con atención, se podía predecir el futuro, ya fuera venturoso o fatal. Yo no creo en esas cosas, pero lo que es cierto es que ellos, desde arriba, pueden ver lo que nosotros no. ¡Qué ganas me dieron de regresarlo al cielo, de que volara libre y yo con él! Con la agujeta de los tenis que traía puestos amarré su cuerpo sobre el tubo cilíndrico de cartón de un rollo de papel de baño terminado. Usé un palito de madera para que semejara una cruz, donde extendí las alas. Simulaba un cohete. El ave se movía incómoda, pero no lograba escapar. Resignada, cedió y dejó que pasara la cuerda por su pecho; varias vueltas hasta terminar en un nudo. Corrí por un encendedor a la cocina, regresé y todavía seguía ahí, ya sin siquiera hacer el intento de escapar. Encendí un extremo de la cuerda; sentí el impulso de lanzar el artificio y a mi pájaro hacia arriba. Me imaginaba que se convertiría en un fuego artificial: destellos de colores se elevaron entre las nubes blancas; cascadas de luz rojas, azules, amarillas, y el torso en medio. Culminó con el sonido de una explosión. Algunas plumas fueron cayendo, balanceándose en el aire lentamente; el pajarraco chamuscado también descendió, aún amarrado al tubo. Corrí hacia él, lo desaté. El torso deforme, las tripas salidas, la cabeza desecha: era un bulto de plumas con sangre y cenizas. No entendí bien por qué hice lo que hice; quería la libertad del pájaro, pero lo destiné a morir.

Me quedé con una pluma y desde entonces decidí iniciar una colección.

Si ponía atención, era fácil encontrar plumas en los patios, en los parques, en la calle, en los parabrisas de los coches. Las clasificaba conforme al color, tamaño y procedencia, y las metía en una caja que guardaba debajo de mi cama. Tenía la de un ganso del lago de Chapultepec, la de una gallina del mercado, de pollo, de paloma, de loro, de pavorreal y de zopilote. La de un cuervo negro, que nunca tuve, habría sido la joya de la corona: *Nevermore*.

Un día, mi madre encontró la caja, la abrió y le dieron escalofríos al ver las plumas, unas llenas de moho y otras hasta con gorgojos. Las tiró, aterrada, preguntando de dónde habían salido. Yo negué que me pertenecieran y por eso corrieron a la persona que nos ayudaba en la limpieza, acusándola de practicar magia negra.

Juró por Dios que no eran suyas.

En los estantes del librero de mis padres se podía consultar de todo: había tomos de literatura universal, enciclopedias, diccionarios. Me encontré con *Frankenstein o el moderno Prometeo* y lo leí completo. Me llamaba la atención el conflicto entre el doctor y su propia creación, y la lucha interna con él mismo. Yo también me sentía un monstruo a veces, en parte como Frankenstein, observándolo todo, asombrada. Leí los cuentos de Poe con fascinación, pensando que, escondido en la losa de mi cuarto, había un corazón latiendo, que alguien me espiaba desde la ventana o que un antepasado —¿la bisabuela?— tenía cuentas pendientes por saldar. Trataba de imitar a Poe escribiendo relatos oscuros y misteriosos como los suyos, en las noches y con casi todas las luces apagadas para sentir escalofríos. Imaginaba frente a mí a un cuervo negro, dictándome un destino fatal, como aquel pájaro al que mandé al espacio montado en la candela.

Por culpa de Agatha Christie me obsesioné con los venenos que introducía con precisión en sus novelas. No sabía química como ella, pero hacía mezclas caseras con sustancias o hierbas que, con tan solo una gota y mi imaginación, podían matar a quien las ingiriera. Aprendí que lo más importante del veneno era su eficacia y discreción.

Leí *Un hilito de sangre* en un fin de semana. Yo tenía la misma edad que el protagonista, por eso se me antojaba ser igual de valiente que él, escapar y vivir la gran aventura, conocer gente, ver el mundo de otra forma. Quedé hipermaravilladérrima con la forma en que Eusebio Ruvalcaba contaba la historia, tan natural, sin artificios en nada, ni siquiera en el lenguaje. En la preparatoria me aficioné a los escritores del *boom*. *Cien años de soledad* se convirtió en mi saga familiar predilecta. Yo también quería encontrar el paraíso perdido de la niñez; al leerla pensaba en la infinita desolación del ser humano. En vez de Eugenia, me hubiera gustado llamarme Remedios.

Llegué a creer que la vida era sueño, o viceversa.

También me sentí nada, me suicidé con un amante prohibido y fui un escarabajo.

Cuando leí por primera vez la *Divina comedia* recordé mis pesadillas infantiles, peores a las que Virgilio le mostró a Dante al recorrer los distintos lugares del averno. «La bufera infernal / che mai non resta, mena li spirti con la sua rapina…». Las estrofas eran un laberinto; me perdía entre el aire negro de la tinta impresa y el rojo de mi fantasía.

Siempre he preferido el Infierno porque el Paraíso me parece muy aburrido. Los círculos dantescos se iban replicando en varias escenas de mi vida. En el colegio, en casa, en mi cama. ¿Cómo sería estar primero en el vestíbulo, luego ir descendiendo y pecar nueve veces?

En el librero había también varios libros antiguos que habían pertenecido a la bisabuela. Una antigua edición del *Quijote*: un tomo grueso y ancho, cuyas hojas, finas como pergaminos, parecían deshacerse al tacto. Tal vez la bisabuela quiso saber sobre la Guerra de Reforma con *El Cerro de las Campanas* y acompañar a Eugène, su tocayo, en sus aventuras y desafíos por la ciudad de las luces en *Las aventuras fantásticas de un joven parisién*. También hallé ejemplares de periódicos, páginas amarillentas de *La Ilustración Artística*, de Barcelona y *El Semanario Ilustrado*, de México. Si tuviera una lupa o algún artefacto especial, podría percibir las huellas digitales de la bisabuela impresas en el papel, el rastro de sus dedos; observaría las crestas y surcos en las yemas, restos de grasa, sudor o cualquier otra sustancia que permaneciera en su piel al leer. Me pregunto si nuestras palmas se parecen o no, si comparten algunas líneas de la vida. Si su pulgar y el mío tienen un mismo patrón de colinas; si en el meñique se esconde un bucle idéntico; si en el anular se enrosca la misma espiral. Y si a sus manos, al igual que a las mías, les daban ganas de ahorcar a quienes la hacían enojar o la contradecían.

A finales del siglo XIX y principios del XX, a las mujeres no les era fácil publicar; su literatura no era valorada de la misma forma que hoy, no eran parte del canon. Permanecían en la periferia, aunque en algunas revistas y periódicos de la época se encuentra una importante y variada cantidad de autoras, como la bisabuela. Ella tuvo la intención de ser leída, de lo contrario habría destruido las hojas, quemado o triturado los cuadernos. Quiso, como todo escritor, que otros ojos visitaran sus textos; quería ser descubierta en el futuro, y eso hice yo, su descendiente accidental.

La bisabuela aparecía como un fantasma que no encuentra la forma de irse, pero que tampoco quiere quedarse. Dentro de sus cuadernos hallé tesoros que el tiempo había escondido. Parecía el acto mágico de traer al presente momentos pasados en cada objeto: un separador, una flor seca, notas garabateadas, un par de boletos de cine, un pedazo de papel con sumas y restas, una servilleta con el logo de un restaurante, la lista del supermercado. Eran fragmentos de historias encerradas entre las páginas.

Cayó al suelo un papel con un poema, fechado en 1900, firmado con un nombre que yo no conocía. Identifiqué la letra que yo ya había leído en los cuadernos, el mismo color negro de la tinta de la pluma fuente desvanecido por los años, los mismos trazos: resonancias de los instantes en que fueron escritos, finos, alargados.

Se desprendieron varios recortes de periódico con poemas publicados por la misma autora, la bisabuela, pero con ese otro nombre.

Era su pseudónimo.

Era un recurso de la época: George Sand, George Eliot, Rosa Espino, las Brontë tomaron posesión de una personalidad porque la suya, por algún motivo, no podía develarse. Ese nombre no se escoge al azar; se invierte mucho al seleccionarlo. Tiene que gustar, sobre todo, a la persona que se lo apropia. Yo preferiría un mal nombre a un mal seudónimo: a fin de cuentas, el primero no se elige. No sé qué tanto distaban la verdadera de la asumida, si eran una o dos, parecidas o contrarias; una el deber ser y la otra el querer ser. A mí me atrajo la que escribía: la mujer que, a través de un nombre falso, encubrió su identidad para darle voz.

Leí un soneto con un tono melancólico y acusador, menos amoroso que los otros. En los versos declaraba estar desolada; había tristeza y conciencia del daño recibido. Se dirigía a alguien en específico, el gemido era un lamento interno. El destinatario: el causante de la injusticia emocional de esa relación amorosa.

> Mis versos los leerás y al ver el llanto
> de una triste mujer que a solas gime,
> desdichada, dirás, sin ver mi encanto,
> que tú eres el verdugo que la oprime.

El pseudónimo fue su estrategia. Un intento por separar lo privado de lo público. Así podía escribir con mayor libertad sin el peso de las expectativas, permitiéndose tocar temas sensibles sin miedo a represalias. Como en muchos de sus versos.

Quise escribir poemas como ella. Me inventé un método: anotar las palabras por asociación libre que brotaran de mi mente impulsadas por un recuerdo, una sensación, una imagen. Las letras caían sobre la página como gotas de rocío o de lluvia. Circulaba o subrayaba las que más me significaran; las unía con proposiciones o verbos, y descartaba las que sobraban, convencida de que el resultado serían poemas genuinos y novedosos. Algo faltaba. Aunque sonaban bien, quedaban acartonados, fríos; no trasmitían lo que ardía dentro de mí. Entendí que eso no era poesía: no había pasión, técnica, inspiración, ritmo, hambre. Yo quería escribir y que me salieran racimos de uvas por la boca, vomitar constelaciones, escupir galaxias enteras de palabras.

Entonces ensayé con cuentos. Por las noches, inventaba relatos donde seres alados me raptaban para llevarme a recorrer la ciudad, planeábamos sobre avenidas transitadas, aterrizábamos en rincones oscuros donde ardían fogatas; alrededor del fuego, figuras parecidas a humanos me narraban sus aventuras callejeras. Imaginaba historias de animales parlantes, robots melancólicos, viajes imposibles a la luna y al centro de la Tierra. Todo sucedía en la soledad de mi habitación. Desde la ventana me pasaba horas observando los cables de luz, inmóviles y tensos, en contraste con las nubes arrastradas por el viento. Veía pájaros trazar rutas en el cielo, automóviles rugir con sus motores, aviones que avanzaban y parecían rozar las azoteas de los edificios. Miraba a los vecinos salir y entrar de sus casas con la misma rutina. Me fijaba en la forma en que caminaban, en cómo estacionaban los coches, en los pasos que daban dependiendo de su humor. Les ponía nombres, edades, profesiones. Decidía sus destinos. A veces los veía como vidas paralelas a la mía, opciones de lo que podría haber sido.

Había un hombre que vivía enfrente de mí. Era de baja estatura, no tenía pelo. Su cabeza totalmente despejada era brillante, reflejaba la luz, resaltando los rasgos de su rostro; el punto de contraste eran la barba y las cejas tupidas. Me confundía la edad: de pronto semejaba un joven, luego alguien de edad avanzada. El cráneo tenía protuberancias, parecía un planeta con montañas y cráteres en el que había vida y habitaban otras especies. Todos los días volvía a casa a las ocho en punto de la noche, vestido de traje oscuro, cargando un portafolios. Vivía solo. Iba encendiendo las luces conforme ingresaba, subía al segundo piso y salía al balcón a fumar, de pie, recargado en el barandal. Alcanzaba a ver el humo del cigarro. En cada bocanada, distintas figuras y formas ascendían hasta perderse en la oscuridad: círculos, espirales, líneas, ondas, un corazón. Yo buscaba una complicidad más íntima que distante, encendía y apagaba una linterna para ver si lograba algún tipo de comunicación, ponía música a todo volumen, bailaba. Nunca desvió los ojos hacia mí, no se percataba de mi presencia: él solo fumaba y veía a la nada. Ante mi frustración, escribí un cuento de eso mismo que me estaba ocurriendo. La protagonista, furiosa por la evidente indiferencia del pelón, se escabulle a su casa una tarde y abre la llave del gas. Cuando él acerca el cerillo al cigarro, ¡pum!, la combinación explosiva provoca la ignición instantánea. Desde su ventana, ella disfruta ver cómo las llamas se extienden, el fuego se alimenta por el gas y devora todo a su alrededor, la onda expansiva lanza objetos por doquier, a gran fuerza, como proyectiles. Ella llama a los bomberos; llegan, apagan el fuego; el destino es fatal. Lo ve todo desde el mismo lugar, el balcón, donde pasa la madrugada. Al día siguiente cruza la calle y recoge una buena cantidad de cenizas junto a los tubos de metal del barandal, deformados. Con la tizna escribe un texto erótico, sucio y visceral en el que cuenta la historia de su amor imposible con el vecino sin pelo. Años después leí a Sade; hubiera sido también interesante haber escrito como él con heces, con sangre, con vida, con muerte.

Con ese cuento gané un concurso regional de relato negro juvenil.

Revisé la novela inacabada de la bisabuela y algo en ella me desconcertó. No era explícitamente autobiográfica; la protagonista nunca dijo su nombre ni el de otros, no mencionaba fechas concretas. Sin embargo, había demasiadas coincidencias, detalles sutiles, sugerencias filtradas como para no relacionar que se trataba de la misma persona. Era una confesión a medias, disfrazada de ficción, aunque ofrecía otras alternativas, más opciones y mundos por visitar. Se reunía con hombres y mujeres en tertulias literarias. Discutían poesía hasta el amanecer. Se emborrachaban. Fumaban cigarrillos. Escuchaban música y bailaban con la emoción de los que viven al borde, sin importarles nada. Las escenas esbozadas contrastaban con lo que yo conocía o imaginaba de la bisabuela, eran destellos de otra existencia.

La historia, fuera de quien fuera, era interesante.

No sé qué tan real.

Hay edades sin edad. Años que nos marcan sin la necesidad de un número. El tiempo deja su rastro en la piel, el pelo, los huesos, las uñas. En la mirada. En los recuerdos. Pero ¿cómo se moldea lo que no se ve, la forma de sentir, de pensar, de habitarse a uno mismo?

Escribir es el proceso más fiel para documentar lo intangible, las emociones y los sentimientos, el tiempo que escapa a las horas del reloj y a los calendarios. Y, aun así, nada es certero. Es solo un intento por existir de otras formas.

Terminé la preparatoria. Era un momento de transición, una ventana que daba hacia lo incierto, una puerta a lo desconocido. Mis padres vendieron la casa en la que crecí, se retiraron a provincia a esperar con paciencia la vejez que los alcanzaría pronto. Yo tenía las finanzas resueltas, pero no estaba lista para los desafíos por venir, la toma de decisiones, el tiempo que pasaría sola, la buena dosis de incertidumbre. Me hice muchas preguntas sin respuesta: quién era, qué anhelos tenía para el futuro, cuáles eran mis metas, qué me apasionaba.

Madurar no era solo mudarme de hogar, sino cambiar de destino. Me regalaron un departamento, un espacio solo para mí que representaba la libertad que tanto deseaba. Era un escenario desconocido, un cuaderno en blanco listo para ser llenado con experiencias nuevas, propias. Los estantes, clósets y cajones me esperaban para guardar objetos, fragmentos de mí.

Estaba en una calle estrecha y empedrada por la que solo se accedía a pie. Me gustaba esa caminata corta: un tramo de lo exterior a lo privado. Al entrar y cerrar la puerta, el murmullo constante de la vida urbana se apagaba.

Los ventanales se extendían de suelo a techo, enmarcaban los árboles del exterior como un cuadro en constante cambio. La luz que penetraba era tenue, el aire que circulaba estaba cargado de una neutralidad ajena de la que poco a poco me fui apropiando. La cocina era pequeña, acogedora, funcional. La sala era engañosamente amplia, se sentía más grande de lo que en realidad era.

El balcón se volvió mi lugar favorito; desde ahí se desplegaba gran parte de la ciudad, como un telón cambiante, con colores y combinaciones diferentes en cada amanecer. Por las tardes, incluso en la oscuridad, mostraba tonos que no dejaban de sorprenderme. Coloqué una silla Acapulco en la esquina. Me gustaba sentarme ahí sin hacer nada. Solo mirar y existir al aire libre.

La primera noche no pude dormir. El insomnio fue mi compañero y, desde entonces, mi amante inseparable. Desde la cama vi toda mi vida comprimida en cajas de cartón no desempacadas. El espacio aún no sabía nada de su nueva inquilina; no conocía mis hábitos, mis gustos; no había asimilado los silencios o el tono de mi voz, el peso de mi cuerpo sobre la madera del piso, el ritmo con el que me movía. Pronto me fui adaptando. Aquellas épocas de cuando éramos solo tres en familia se habían ido; las remembranzas quedarían en el desván de la memoria.

Llegaron los años de la universidad, tan emocionantes como inolvidables. La Facultad de Filosofía y Letras era un entorno nuevo, con personas diferentes, lecturas, autores, profesores. Ávida de pertenecer y aprovechar las oportunidades que se me presentaban, empecé a involucrarme en todas las actividades académicas posibles. Asistía a las conferencias de especialistas, críticos y escritores; me inscribía en talleres extracurriculares; incluso me ofrecía a ayudar con la organización de eventos literarios. Me hice pasar por reportera y logré varias entrevistas. Me las arreglaba para colarme tras bambalinas y conocer más de cerca a los invitados que me interesaban. Si no lo conseguía, al menos me sacaba una foto con ellos; luego las presumía para ganar popularidad entre mis compañeros. Fantaseaba con estar ahí mismo, en el escenario, ser como esos escritores prestigiados, que me aplaudieran por mis grandes novelas y cuentos, firmar mis libros, dar mis propias charlas frente a los alumnos lectores y que también quisieran fotografiarse a mi lado.

Comencé a publicar en *Epitafios*, una revista universitaria cuyo contenido era leído por casi todos los maestros y alumnos. Mis ensayos aparecían ahí, también aquellas entrevistas; me esforcé tanto que me pidieron participar en cada edición mensual; además recibía una módica paga. Después formé parte del consejo editorial. Mi nombre comenzaba a sonar y yo, aunque estaba satisfecha, quería más.

Me acerqué a una editorial independiente de un compañero de la Facultad para ver la posibilidad de que me publicaran algunos cuentos que había escrito. Lo que me ofrecieron fue hacerlo junto con otros autores en una antología. El resultado fue un libro interesante, bien recibido entre los lectores. Esto marcaba un logro personal memorable y podría decir que fue el inicio de mi carrera literaria.

Mis dos mejores amigos de la Facultad eran Susana y Efrén. Desde el primer día de clases se sentaron a mi lado y, sin esfuerzo alguno, nos volvimos inseparables. Más que una amistad, teníamos una conexión profunda, una sensación de pertenencia que hacía que el resto, todo lo demás, se sintiera irrelevante. Éramos las tres aristas de un triángulo que encajaba y se complementaba con naturalidad. Susana tenía el pelo castaño claro; la piel muy blanca, pálida; una voz dulce, de niña, casi musical. Cuando hablaba, parecía tararear. Su obsesión por el cuidado de las uñas era evidente. Siempre estaban impecablemente esmaltadas del mismo color, sin excepciones; un rojo brillante, tipo mertiolate. No estoy segura de que le apasionaran las letras como a nosotros. Su verdadero deseo era viajar; ver cine en su idioma original, aunque no entendiera; conocer otras culturas. Desde el inicio nos hicimos íntimas, no importaba la vocación. Efrén era un tipo delgado, con el pelo oscuro y largo, una nariz chata que le daba un aire infantil; lucía mucho menor. Su timidez contrastaba con su *look dark*, sus camisetas de bandas y su aura de roquero melancólico. Me escribía poemas, cuentos y cartas en las que describía sus fantasías eróticas conmigo; guardé todas esas hojas llenas de palabras, testigos de una pasión que él alimentaba y que yo mantenía en vilo. Me declaraba su amor a cada rato, yo nunca le decía sí pero tampoco que no. Me gustaba verlo rendido ante mí, prometerle que seríamos novios algún día.

Les propuse que se mudaran a mi departamento. Lo llamábamos el búnker y era nuestro paraíso. En nuestra burbuja no existía el mundo exterior: se desvanecía. Fui muy clara con las normas de la convivencia, la división de tareas de la limpieza, los gastos compartidos. Acordamos que nadie podía entrar a la habitación del otro, aunque algunas noches dormíamos juntos, compartíamos la misma cama. Sin preguntas. Sin compromisos. Sin fronteras. Éramos el trío perfecto.

La regla principal del búnker era que siempre debía haber música sonando, a cualquier hora. Coincidíamos en un gusto ecléctico que nos llevaba del rock al jazz, de la clásica a la alternativa y experimental. Desarrollamos un idioma propio con códigos, referencias y señales que solo nosotros entendíamos. Nos sentíamos distintos y pretendíamos distinguirnos de los demás. Juramos que nunca dejaríamos entrar ni al búnker ni a nuestras vidas a ningún «forastero»; así llamábamos, con un tono de burla y desprecio, a los demás compañeros de la universidad.

Nos apodamos «Los últimos románticos». Los tres veíamos el mundo con la misma intensidad, queríamos vivir apasionadamente y mantener nuestros ideales «porque nos vamos a morir», decía yo con total convicción.

Nos creíamos críticos literarios, falsos genios incomprendidos. Si no sabíamos algo, lo aprendíamos o lo inventábamos; jamás permanecíamos en la duda porque eso nos aniquilaba. Todo era válido y posible, no nos imponíamos ningún límite con nada, ni con nosotros mismos. Jugábamos al cadáver exquisito y a inventar nuevos géneros que mezclábamos de manera absurda: poesía con cuento, novela con poesía, fragmentos de ideas sueltas para lograr un fluir de la conciencia, a la James Joyce. Usábamos escenas oníricas para crear relatos «surrealistas» que hoy en día podrían ser rescatables si no los hubiéramos destruido en un acto, según nosotros, «antiarte», efímero, en contra de cualquier canon. Cuando la inspiración escaseaba y nos sentíamos atorados, encendíamos un porro, poníamos el cronómetro y practicábamos la escritura automática. Teníamos un ritual. Había una pila de hojas, plumas y lápices; la regla era que nadie podía levantarse de la mesa hasta que sonara la alarma. Después venía la parte más brutal: el intercambio de textos y la lectura en voz alta. Nos criticábamos severa pero inteligentemente, para, según nosotros, madurar como creadores, y los tres, nada más los tres, hacer una generación que nos distinguiera de las otras. Queríamos ser algo más que unos jóvenes pretenciosos. Los compañeros de la facultad escuchaban rumores de nuestras reuniones y querían unirse. Se morían por saber qué pasaba dentro del búnker, nuestro espacio íntimo; nosotros alardeábamos que éramos una sociedad secreta. Lo que más les intrigaba era saber si los tres éramos amantes. Nos gustaba alimentar el misterio, ser un enigma, que se imaginaran lo que fuera. Nunca les dimos respuestas. Nuestra realidad era tan intensa como todo lo que los demás pudieran fantasear sobre nosotros, Los últimos románticos.

A Efrén le encantaba Lovecraft, fue por él que conocí a ese autor. Cuando le preguntaba por qué le gustaba tanto, me respondía que no era por el horror, sino porque prefería imaginarse un mundo fantástico sobre la tierra, oculto, lleno de viajes internos; insistía en que ahí podríamos ser felices él y yo. Le gustaba la sensación de lo inabarcable, los márgenes de la realidad.

—Tú y yo juntos en esa dimensión —me proponía con los ojos iluminados—, entendiendo lo incomprensible.

Lo decía con un anhelo romántico que me enternecía. Nunca supe si era en serio o si era solamente uno de sus tantos sueños grandilocuentes, como cuando decía que en otra vida había sido Cthulhu, una entidad cósmica capaz de cambiar su apariencia a voluntad. Algo de eso había cuando tomaba fotografías con su Canon 35 mm.

—Las cosas no son lo que parecen. Yo cambio la luz, las sombras, los ángulos. Ustedes dos son un espejismo maleable: puedo desenfocarlas, oscurecerlas, borrarles contornos, diluirlas o sobreexponerlas a los reflejos —nos dijo una vez a Susana y a mí con un tono místico.

Le propuse que nos retratara a los tres con su tripié. Lo hizo infinidad de veces, en varias posturas, escenarios, posando o no. Siempre terminaba desmotivado, expresaba que era imposible captar nuestra esencia.

Susana, fascinada con la generación beat, idolatraba a Kerouac. *On the Road* era su biblia. Lo leía compulsivamente en el metro, en los pasillos de la Facultad, en clase; se sabía fragmentos de memoria y, en medio de conversaciones, los soltaba como si fueran pasajes sagrados. Aseguraba que en el futuro quería escribir su propia versión del libro; también a través de un monólogo interior, pero con una voz propia, más visceral, más suya. Nos propuso que fuéramos a recorrer alguna carretera, narrar las experiencias de ser nómadas por varias semanas, dormir donde fuera, comer cuando tuviéramos hambre, parar donde nos sorprendiera la noche, contarlo todo, escribir, escribir.

Planeamos ese viaje muchas veces.

—Nos vamos este verano, no hay que pensarlo —demandaba Susana.

—Con una mochila y ya. No nos hace falta nada. Mi cámara, acaso —agregaba Efrén.

—¡Vámonos desnudos! —añadía yo, entusiasmada.

Nunca lo hicimos. Al final, siempre pasaba algo: dinero, clases, imprevistos, el miedo a cumplir el deseo. Hoy lo lamento, no solo por la aventura que pudo haber sido, sino por la promesa de una libertad que ya nunca volvimos a tener.

A mí me dio por leer a Virginia Woolf. No solo sus novelas, sino también sus diarios, sus cartas: todo lo que me acercara a ella y me hiciera creer que la conocía de verdad. Me obsesioné con el círculo de Bloomsbury al que pertenecían ella, su marido, su amante, sus amigos. Discutían hasta el amanecer en salones literarios llenos de humo, de ideas, de arte moderno. El grupo intelectual era excéntrico, sofisticado, vanguardista; iban en contra de la moral victoriana y aprobaban la poligamia. Hacían reuniones y hablaban sobre literatura, política y otros temas. Yo fantaseaba con haber nacido en esos años y haber estado ahí, en esas reuniones, debatiendo sobre literatura, bebiendo vino, pensando en voz alta. Sostenía que me había equivocado de época, que debí haber vivido en ese entonces, con ellos.

—Virginia y yo hubiéramos sido amigas —les aseguraba a Susana y Efrén.

—O amantes —añadió un día Susana.

—Leonard, el esposo incondicional, moriría de amor por ambas —respondió Efrén.

—Se habría terminado suicidando él y no ella —dije riendo.

El viaje en carretera de Susana se quedó en nuestra imaginación. Nunca accedimos del todo al mundo oculto de Lovecraft con Efrén. Jamás organicé un círculo de Bloomsbury en nuestro búnker. Pero éramos Los últimos románticos y tuvimos muchas otras cosas: noches de insomnio y lecturas, diálogos apasionados, risas, besos de tres, confesiones. La eternidad por instantes.

Escribir la tesis, más que un requisito académico, era una prueba de mi capacidad como investigadora. El universo de posibilidades que la literatura ofrecía era enorme, y no me decidía por nada. Lo difícil no era elegir un tema, sino hallar algo que realmente me apasionara, que me revelara algo. Un tanto escéptica, opté por lo que tenía a la mano: la obra literaria de la bisabuela, aquellas libretas que por diversas circunstancias habían quedado recluidas en el espacio cerrado de los límites familiares.

Dejé a un lado la novela inconclusa y los diarios. Solo su producción poética, tanto la publicada como la inédita, fue el centro de mi análisis. Revisé los aspectos formales y temáticos, cómo describía los cuadros familiares, las costumbres ordinarias, las rutinas de sus tiempos, el amor, el desamor, la amistad, la muerte, la soledad, el dolor. Reflexioné sobre el uso del pseudónimo como una doble estrategia de legitimación y de ocultamiento, lo que le permitió insertarse como autora en el discurso público sin arriesgarse ni exponerse por completo. Indagué sobre cómo había construido su voz, cómo había inscrito la subjetividad en la época en la que le tocó vivir: una situación social marginada para algunas de las mujeres en esos años.

El marco de referencia era obligatorio para comprender su obra, por lo que hablé de la vida política y cultural en México durante el Gobierno de Porfirio Díaz, con especial énfasis en Morelia, Michoacán, donde vivió al momento de escribir la mayor parte de su producción literaria.

En cuanto a la métrica, había versos de arte mayor; quintetos endecasílabos con rima consonante; sextetos endecasílabos con rima consonante; versos de arte menor; quintetos octosílabos con rima consonante; sixtillas heptasílabas y octosílabas con rima consonante. Noté diferencias entre la poesía publicada y la que quedó escrita en los límites de sus cuadernos. Como todo escritor, tuvo conciencia de que existía un público que, aunque desconociera su identidad, la leería. En los manuscritos era evidente un impulso poético, mientras que en los que aparecen en periódicos y revistas hay cambios notables: más trabajados, con un mayor cuidado en la métrica. En cuanto al léxico, el cambio de palabras o frases era igualmente significativo, pues le daba un peso y una dirección distintos que intensificaron el sentimiento poético. Los títulos mutaron a unos más simbólicos, ya que hay intercambio de unos con otros en comparación con los originales, sin alterar el tema. Para lo público usaba el seudónimo Blanca de Selva; en lo íntimo, su propio nombre. Ese análisis ocupó un capítulo entero donde no pretendía descubrir ningún hilo negro y, como era una interpretación propia, no habría objeciones. El seudónimo de la bisabuela era una selección de dos sujetos contrarios, Blanca y

Selva, que iban de acuerdo con su supuesta personalidad ambigua de mujer sumisa y poeta apasionada. *Blanca* era la mujer pura que habitaba dentro de una turbia *Selva* tanto interna, su mente, como externa, el mundo. Lo blanco simbolizó algo ajeno a la multiplicidad de colores que se pueden encontrar en una selva cuyo contenido es heterogéneo, donde hay convivencia y aceptación entre lo diferente. Las palabras que unían a los dos términos me parecieron interesantes. No era Blanca *en la* Selva, tampoco Blanca *de la* Selva. Deduje que el *de* hacía que ambos elementos, que yo sostuve como contrarios, mantuvieran una relación estrecha.

Mi investigación fue sólida y meticulosa pero incompleta. El rigor metodológico fue un escudo: las citas me protegieron de la incomodidad de mirar más allá de lo evidente; lo mismo hicieron las referencias bibliográficas, la estructura de los capítulos, la redacción impecable. Expuse una idea muy básica, superficial y predecible: que la mayor aportación del rescate de la obra de la bisabuela era ofrecer una visión parcial del mundo de una mujer de finales del siglo XIX, de alguien que, pese a estar inmersa en una sociedad conservadora, logró ser creativa y sensible.

La tesis me dejó insatisfecha y con un sabor amargo. No hubo nada que latiera entre las líneas; no se derramó sangre del corazón que ahí latía, ni del de ella ni del mío. Quizás por eso dejé de lado los escritos más personales, la novela y los diarios. Me mantuve dentro de los límites de un análisis seguro, no me arriesgué a más y mi aproximación literaria fue poco significativa. No desentrañé el alma ni la psique de la autora, no me adentré en los conflictos internos, tampoco exploré sus miedos y obsesiones. No me atreví a releer e indagar en los diarios y la novela para ver qué insinuaban más allá de lo evidente; mi mirada no fue incisiva, sino funcional. Fui incapaz de comparar la escritura íntima con la privada, donde la frontera entre lo testimonial y la ficción podía desvanecerse.

Reconstruí la obra de una poeta olvidada, sí, pero la traté como un mero objeto de estudio y análisis, un conjunto de versos que habían de ser clasificados, diseccionados con un ojo poco crítico. Mi mirada fue muy complaciente, poco desafiante. No me asomé entre las grietas, no retiré las capas para descubrir a la autora, no derribé las barreras infranqueables de los secretos familiares que pudieron haber existido entre líneas: temí hallar algo que, si miraba demasiado cerca, no podría explicar. Fue una traición, pero más que hacia ella, hacia mí misma.

Mención honorífica para los maestros; orgullo para mis padres. Reprobada para mí.

Susana, Efrén y yo hicimos nuestra propia fiesta de graduación en el búnker. No necesitábamos a nadie más, no nos interesaba un festejo grupal con aquellos compañeros de los que siempre nos sentimos alienados. Una burbuja fuera del tiempo. Éramos diferentes. Lo nuestro era real. Nosotros, los tres, Los últimos románticos.

La celebración duró varios días y varias noches: parecía infinita. Fue infinita. La borrachera que jamás olvidaríamos, descomunal, fue la última gran celebración de nuestra vida universitaria. Hubo de todo: risas, llanto, nostalgia, euforia, emoción por el futuro. Nos embriagamos con mezcal barato; hicimos un ritual con mariguana, velas y las canciones que ya eran nuestras y formaban parte de la banda sonora de nuestra vida juntos. «Let´s all meet up in the year 2000», nos gritaba Jarvis Cocker.

Escribimos en hojas de papel nuestros mejores y más significativos recuerdos juntos, que eran muchos, y se nos ocurrió imitar a los estridentistas. Como ellos, queríamos provocar, rechazar lo tradicional, inventar un lenguaje, ser irreverentes. No sé qué tanto lo logramos, tal vez nada, pero terminamos en la azotea gritándole a la luna y a las estrellas, pidiéndole a Altazor que bajara en paracaídas y nos rescatara del mundo cruel. Permanecería en nuestra memoria la vez fuimos disfrazados a la facultad: Efrén de mujer, con ropa nuestra, Susana y yo de hombres, con pantalones y sacos de nuestro amigo. Todos voltearon a vernos cuando caminábamos por los pasillos; eso es lo que queríamos, llamar la atención a como diera lugar. Cuando citamos a la maestra de lingüística en un Sanborns e intentamos seducirla, pero con tantos cafés que tomó se puso nerviosa y se fue. Nos puso diez de calificación. El placentero dolor del tatuaje casero cuando, con una aguja, marcamos en nuestros brazos un pequeño corazón con una daga y luego le pusimos tinta china. El símbolo de nosotros, Los últimos románticos, quedó perpetuado para siempre en nuestra piel.

—De esta forma, jamás nos olvidaremos —expresé yo con lágrimas en los ojos.

En el fondo sabía que no era cierto. Nada, ni la tinta indeleble, es permanente.

Quemamos las hojas para perpetuarlas, como un conjuro. Pedimos cada uno un deseo, sin decirlo en voz alta. Podría jurar que los tres deseamos lo mismo: volver a estar juntos de esa forma. Quizás el evento más memorable, que no era uno solo, sino la compilación de muchos, fue cuando nos dimos cuenta de que no éramos solamente compañeros de clase y de casa, sino una familia improvisada.

Cada uno tomó su rumbo siguiendo sus intereses propios, como si estuviéramos condenados a hacerlo y el para siempre fuera solo una ilusión. Las habitaciones quedaron vacías, ajenas, como si nadie, ni siquiera yo, hubiera vivido nunca ahí. Me quedé un tiempo más, aferrada a esos momentos que se me escapaban sin remedio.

El búnker se volvió demasiado grande y silencioso: ya no había voces, risas ni presencias que lo habitaran, apenas sonaban nuestras canciones. Era como vivir en una enorme caja vacía, en una playa desierta sin mar. Decidí irme a un espacio más pequeño, con una sola habitación.

Los años de estudiante universitaria jamás volverían. «Goodbye horses».

—Nos tenemos que ver una vez al mes —sugirió Efrén.

—O al menos en nuestros cumpleaños —agregó Susana.

—¡Brindemos por Los últimos románticos! —grité yo, desolada.

El tiempo transcurrió y, como sucede en todas las historias, vinieron cambios. Pasó tan rápido como las nubes en el cielo empujadas por un intenso viento; como una flor que de un momento a otro desprende sus pétalos marchitos. Sin avisar, sin despedidas.

Susana se fue a Japón a aprender las artes amatorias de las geishas y comer sushi a diario. Nos escribíamos de vez en cuando para ponernos al tanto de nuestras vidas, con la promesa de encontrarnos en alguna parte del mundo. Antes de que partiera, tomé sus manos.

—Extráñame cada vez que te pintes las uñas de rojo —le dije al despedirnos y besé cada uno de sus diez dedos.

Efrén se convirtió en un artista reconocido. Siempre le había gustado la fotografía, más que un pasatiempo era su verdadera pasión. Su talento estaba latente desde entonces; en los textos que me enviaba durante la universidad, las imágenes eran muy visuales, detalladas, casi cinematográficas. El lente ocupó el lugar de la pluma; las palabras solo cambiaron de medio; lo que antes describía con el lenguaje, ahora lo hacía con juegos de luces y sombras. Sus fotografías eran paisajes nocturnos, lagos silenciosos, mares agitados, montañas envueltas en nubes, vistas desde una perspectiva misteriosa, oscura, profundamente melancólica: reflejo de sus gustos y lecturas, que yo conocía bien. Su arte era igual de profundo y sensible que las conversaciones que teníamos junto con Susana en las largas noches que pasamos en el búnker y en la facultad. Yo me mantuve al tanto de su carrera, del buen lugar que empezaba a ocupar en la esfera artística, de sus exposiciones en galerías internacionales. Nos poníamos en contacto de cuando en cuando, sin mucho interés por vernos. Tenía un estudio en México que apenas usaba. La mayor parte del año se la pasaba viajando, buscando escenarios para fotografiar.

Un día visitó la ciudad y me invitó a su primera exhibición individual. Yo estaba entusiasmada por el reencuentro con mi entrañable enamorado. Al llegar a la sala, atiborrada de gente, me acerqué a las obras. Me sorprendió ver que la muestra se trataba de desnudos, en gran formato, en su mayoría de mujeres, cuando yo lo que conocía de él eran paisajes de la naturaleza. En una de ellas posaba una mujer de frente, de pie, contemplando una puesta de sol; los pechos y genitales iluminados parecían brillar y deslumbrar al espectador. En otra, una joven recostada en el encrespado pasto de un terreno abandonado; la piel muy blanca contrastaba con el vello negro del pubis. Hubo una que me atrajo especialmente. Una mujer rodeada de espejos que multiplicaban su figura tantas veces que ya no se sabía quién era la original. En la esquina, casi escondido, las observaba un hombre con una máscara de lobo.

Efrén había embarnecido. Me dio la impresión de que estaba más alto, llevaba el pelo más corto y tenía un semblante un poco más maduro. Lucía mayor, sin duda, pero al sonreírme vi esa cara de adolescente, la misma con la que lo conocí y lo recordaba. Nos abrazamos fuerte. En la cena posterior, platicamos por horas, contentos por vernos después de tanto tiempo. Le confesé que quería escribir una novela o algo más en serio. Me tomó la mano, ya con un par de tragos encima.

—Dime, ¿vas a hablar de mí en esa novela? ¿Me vas a recordar cuando seas famosa? —me preguntó, esperanzado.

Le prometí que sí.

A los pocos días me envió una foto en blanco y negro de Susana, él y yo en el búnker en aquellos años fugitivos. Los últimos románticos estábamos de pie a un lado de la ventana de un salón, abrazados y sonriendo. La enmarqué y la colgué en la pared de mi habitación. Cada vez que la miro, evoco esos tiempos en los que la amistad y las letras eran lo único que importaba.

Encontré un empleo en una institución cultural dedicada al fomento de las artes y las letras; un mundo burocrático, novedoso y atractivo, que además me podría relacionar con los principales creadores y grupos de poder que deciden quién es quién en el medio intelectual en México. Mi sueldo era bueno; comenzaba a tener autonomía económica para no seguir dependiendo de mis padres.

Fue ahí donde conocí a Adrián, el hombre que me llevó a la perdición del amor obsesivo, tóxico, prohibido, ese que solo ocurre una vez en la vida.

Era mi jefe y estaba casado.

Las oficinas estaban dentro de una casona antigua remodelada, llena de cuadros y esculturas de artistas mexicanos que yo admiraba. La entrada era un portón de madera que cada vez que se abría rechinaba y parecía caerse, a la vez era grande e imponente, como las contradicciones del gobierno. En uno de los pasillos principales, reconocí una pintura de Tamayo; en casa de mis padres había una réplica. Era azul y una figura femenina parecía estar volando o atrapando un cometa en el cielo. De niña no comprendía bien la idea del cuadro; en ese momento me parecía que yo era esa mujer con alas imaginarias recién colocadas sobre la espalda, lista para emprender vuelo.

Mi cubículo, al fondo al fondo de un pasillo, estaba ubicado a tan solo unos metros de la enorme oficina del director general del área, Adrián: mi futuro e inesperado amante. Desde el primer día me pareció un hombre fascinante, culto y divertido. Sabía moverse entre las sombras y las luces del poder con ironía y audacia. Yo absorbía sus ideas como si fueran decretos. Cada mañana nos reunía a los subordinados para analizar los titulares de los periódicos, los que, por supuesto, yo ya había leído con antelación. Quería sorprenderlo dando opiniones que le arrebataran una mirada de aprobación. Nos desafiaba a pensar, a imaginar que con nuestras propuestas solucionaríamos el mundo, o al menos el país, aunque fuera por un instante.

Lo idealizaba y lo volví materia de mis más trilladas fantasías de oficina. En mi mente, la escena se repetía como un ritual. Adrián me recibe con las cortinas abajo, cierra la puerta con seguro, me toma por la cintura, nos besamos antes de que yo pueda pronunciar una sola palabra. Me empuja contra el escritorio, me levanta la falda, desabrocha la blusa y, ahí mismo, entre libretas desordenadas, plumas sueltas, carpetas apiladas y teléfonos sonando, todo deja de importar. Me penetra; lo hago mío, mis rodillas encima de sus hombros. Temo caerme del mueble, él me sujeta con fuerza de las caderas, me dan ganas de gritar, no puedo, es mío de nuevo, lo poseo. Me convulsiono de pies a cabeza. Para él el placer era una urgencia. Para mí una necesidad.

Y entonces alguien toca la puerta, quizás su secretaria.

La fantasía se disuelve. Acomodo papeles invisibles, objetos inexistentes; salgo de su oficina imaginaria, y me encuentro en mi escritorio, frente al monitor.

Adrián y yo coincidimos en un brindis de fin de año, rodeados de mesas decoradas con detalles navideños horribles, comida insípida y alcohol corriente. Yo estaba sola en una mesa, jugando con la servilleta de tela roja con pinos verdes; no me sentía parte de la solemnidad forzada de mis compañeros mezclada con las voces ebrias y risas estridentes. Parecía que él también se aburría. Se puso de pie y caminó con naturalidad, sabía moverse en cualquier escenario. Se acercó y me saludó con un gesto despreocupado. Se sentó a mi lado. Me felicitó por mi trabajo, aseguró que mis capacidades superaban el puesto que ocupaba. Habló de una posible promoción laboral, y eso me entusiasmó. Era más simpático que en la oficina, allá se mantenía distante. Se retiró un rato; charló y brindó con otras personas. Yo no dejaba de observarlo. Y, antes de la medianoche, regresó.

—¿Nos vamos? —preguntó sin rodeos.

—¿Por qué? —le respondí fingiendo ingenuidad.

—Porque sí.

En ese momento supe que la noche apenas comenzaba.

Desde la primera vez nos enganchamos, creyendo que lo nuestro era puramente sexual. Sin compromisos ni promesas. Sin reclamos. Nos veíamos donde podíamos: hoteles de paso con letreros neón, luces rojas y sábanas ásperas, el asiento reclinado de su coche en estacionamientos oscuros, encuentros apresurados en baños públicos. Mi departamento era el lugar perfecto, nuestra cueva, donde nadie nos veía. Ahí él se relajaba, se quitaba la ropa y la tensión con la que cargaba en el trabajo. Ahí era solo mío, aunque siempre con la prisa del reloj que marcaba los minutos en mi contra. Tenía que irse a su casa a jugarle al buen esposo. Yo me burlaba del teatrito que era su vida, del personaje que representaba en la obra familiar. Me daban ganas de tirar el telón y mostrar la realidad. Le hacía ver que él no era un hombre libre, al contrario de mí, que iba y venía sin pedirle permiso a nadie y sin hora de llegada. La realidad era otra: yo vivía sujeta a sus horarios y a su voluntad. No podía buscarlo cada vez que quería ni los fines de semana: era parte del trato, regla difícil de acatar para mí. Pagué el precio de andar con alguien que jamás se iba a mover de su sonso, aburrido y convencional matrimonio.

En la oficina nunca hubo una caricia, ni una sola insinuación, como si lo nuestro no existiera. Habríamos puesto su trabajo en juego. Yo no le pedía nada a cambio, pero dentro de mí había una esperanza de que algún día dejara su otra vida, que se atreviera a cruzar la línea que nos separaba y que nuestro vínculo fuera algo más que sexo y escapes clandestinos.

Lo que empezó como una aventura se convirtió en un dolor insoportable: infinitas dagas diminutas enterradas en el cuerpo y en mi orgullo. Así pasó más de un año, y la relación con Adrián cada vez me robaba más atención y armonía. En un arranque de celos porque no me contestó el teléfono en todo un fin de semana, rompí el espejo del baño privado de su oficina y le dejé un mensaje con mi lápiz labial color rojo sangre: «Para que sientas lo duro que es no poder verte todos los días».

Me convertí en la cobradora: me debía tiempo, amor, libros, noches en vela, viajes, cenas, las relaciones con otros hombres que no tuve por estar con él.

Yo sabía quién era su mujer, dónde vivían, cuántos hijos tenían. Ella era joven, delgada, delicada, con cara angelical: el retrato del ama de casa perfecta. Varias veces la seguí hasta el supermercado; observé las compras, los ingredientes que seguramente ella misma cocinaría con la ayuda de varios sirvientes.

Me planté afuera de su casa, donde decidí decirle todo a su esposa. Toqué a la puerta.

—¿Quién eres tú? —me preguntó con desdén, mirándome de arriba a abajo.

—La amante de Adrián.

—Vete de aquí, niña. Yo no te conozco y mi marido jamás andaría con alguien como tú.

—Estoy embarazada.

—Pues que te vaya bien. —Me cerró la puerta en las narices.

Me dediqué a mandarle mensajes con fotografías y videos de Adrián y yo juntos, comprobantes de hoteles, restaurantes, conversaciones por celular, correos.

También una imagen de mi ultrasonido. No hubo respuesta. A los pocos días, me llegó una comunicación del Departamento de Recursos Humanos donde me informaban que por razones presupuestarias se había eliminado mi plaza; recibiría una liquidación por los servicios prestados. Fui a la oficina de Adrián a reclamarle la injusticia de mi despido. Él me alegó que no podía hacer nada, que ya encontraría otro empleo acorde con mis capacidades, insinuándome que también buscara a otro hombre para realizar mis fantasías sexuales. Y agregó que, si seguía insistiendo o me aparecía de nuevo por su casa u oficina, podría denunciarme por acoso y hostigamiento.

El olor a desinfectante se me impregnaba; la luz mortecina del foco me lastimaba los ojos, se reflejaba sobre los instrumentos de metal que lanzaban destellos fríos hasta mis pupilas. Yo temblaba sobre la camilla, sudaba por la nuca. Nadie pronunció mi nombre. Nadie me preguntó si me dolía, si estaba segura, si me sentía bien, si iba sola o acompañada por el padre. Era un lugar mudo donde las palabras o una mirada de consuelo sobraban.

El procedimiento fue mecánico y rápido. Sentí un dolor que me atravesó el vientre. Cerré los ojos, no podía pensar en otra cosa sino en lo que estaba pasando en ese momento. Durante semanas la sangre siguió saliendo de mí como un castigo. Manchaba las sábanas, mis pantalones, la ropa interior, a veces el lugar en el que tomaba asiento. Ensuciaba también mi consciencia y aquello que no me atrevía a nombrar y que nunca iba a cicatrizar. El útero, territorio escondido, me punzaba por dentro.

Coágulos de tristeza y frustración se fueron por el desagüe de mi vida.

Empezó un periodo en el que me sentí muy vulnerable. Hacía trabajos independientes por mi cuenta, por donde podía; encargos mal pagados y tediosos como redacción y corrección de estilo de textos aburridos y que no me interesaban en lo absoluto, pero de alguna fuente tenía que recibir ingresos. Fue una época en la que comía mal, dormía poco, bebía mucho. Descendí a los más bajos círculos dantescos, donde todo era pesar, dolor, frustración.

Los fines de semana terminaba acostándome con alguien a quien a las pocas horas rechazaba, y el vacío ante la ausencia de mi examante se hacía aún más grande. Extrañaba sus llamadas, sus buenos días y sus buenas noches, verlo todos los días en el trabajo. Y, por supuesto, el sexo.

Porfirio llegó a mí cuando más lo necesitaba. A medianoche escuché un maullido agudo que me despertó. No venía de mis pesadillas, como creí al principio, sino de afuera. Me asomé por la ventana y vi en la terraza un bulto de pelos, asustado, herido y temblando. Encarnaba el hambre y el abandono. No huyó cuando me acerqué, no se defendió cuando lo cargué. Se acurrucó en mi pecho como si supiera que lo protegería. El ronroneo vibraba en mí; su lengua áspera me lamió la mano, marcándome sin pedir permiso. Era blanco, aunque la mugre lo había cubierto de gris. Lo llevé adentro, lo bañé con agua tibia y lo envolví en una toalla. Le di comida, refugio y un nombre: Porfirio.

No tuve un bebé, pero sí un animal que buscaba calor y un hogar, que me devolvía afecto sin esperar nada a cambio.

Su respiración me hizo sentir menos sola desde esa noche. Cuando estábamos los dos en la cama, vino a mí la pregunta que tanto había evitado: ¿dónde estaba la escritora que siempre había soñado ser? ¿Dónde quedaron aquellos proyectos, aquellas ilusiones? Mis convicciones del pasado ahora me parecían poco firmes. Tenía que encontrar el punto de transición entre la apasionada joven que fui y la mediocre mujer sin trabajo ni anhelos que era en ese momento. Intenté buscar en qué me equivoqué, en qué momento fallé, cuándo se bifurcó mi camino en mil rutas imposibles.

Ni Porfirio ni yo teníamos la respuesta.

En un acto de nostalgia, visité la Biblioteca Central de la universidad, donde estaban archivados los ejemplares de *Epitafios*, la revista donde yo colaboraba, ya amarillentos y viejos. En el índice encontré mi nombre y recordé lo orgullosa que me sentía de aparecer en las publicaciones más importantes de la facultad en esa época. La biblioteca había cambiado poco. Recorrí los pasillos plagados de un tenue aroma a papel, a tinta, a polvo; los colores grisáceos, la luz suave, todo me evocaba fragmentos del pasado. Percibía el clima característico, siempre frío, húmedo, sereno y silencioso: mi lugar de inspiración donde se detenía el tiempo. Había pocos estudiantes; no sentía en ellos el mismo entusiasmo de cuando yo creía descubrir el mundo, la literatura, la historia, las civilizaciones, las utopías de las generaciones pasadas. Fui a la mesa donde me sentaba, la misma silla, en una esquina acogedora al lado de una columna y de un ventanal por el que veía los árboles y la amplia explanada por donde paseaba con Susana y Efrén. Mi memoria trajo al presente un relato de Efrén que me escribió ahí mismo. Hablaba sobre el aire místico de la biblioteca, aseguraba que las ideas que nacían ahí y no tenían oportunidad de desarrollarse tenían una maldición: se convertían en fantasmas que jamás lograrían escapar de aquel recinto. La imaginación de Efrén era fascinante; me halagaban sus palabras, el erotismo que plasmaba en cada escena. Me describía sentada en el suelo de uno de los pasillos más apartados de la entrada principal, iluminada solo por la ambarina luz de una lámpara. Había un libro abierto sobre mis piernas desnudas; no llevaba nada puesto, salvo mi pelo, que caía sobre los hombros. Él se acercaba despacio, se arrodillaba frente a mí y, por fin, yo accedía a su deseo de poseerme.

—¿Esto es real?

—No. Es otro de tus sueños, Efrén.

Encontré la marca que hice con una cuchilla en una esquina de la superficie de la mesa; había permanecido intacta, con mis iniciales grabadas que había escrito para apropiarme del sitio. Pasé el índice por las ranuras de las letras; me hubiera gustado tener la navaja de nuevo para tacharlas o hacerlas más profundas en la madera o en mi piel. Me sentí fracasada por no haber concretado ni las aspiraciones de entonces ni las de ahora.

Al haber perdido el equilibrio intentaba, sin éxito, recuperar la estabilidad. Los días eran cíclicos, oscuros, nada me emocionaba. Pero algo positivo trajo el caos, el desamor y el abandono: en medio de la crisis y la desesperación, comencé a escribir mi primera novela.

Hice un recorrido por las librerías de la ciudad para ver qué se estaba publicando. Encontré muchas cosas interesantes: la novela contemporánea, la negra, la romántica y la ciencia ficción era lo que destacaba, así como los títulos de política y autoayuda. Exploré las secciones de novedades, las listas de los más vendidos; quería saber qué géneros destacaban en México y quiénes eran los autores más leídos de mi generación. Encontré a varios escritores y compré sus libros. Humberto Muñoz construía interesantes relatos alrededor de la fragilidad humana, su estilo filosófico me resonaba a Borges, sin embargo, era original. Antonio Otero había escrito más de veinte libros; tenía una prosa muy concisa, inquietante, irónica. Una novela de Amanda Aspe me pareció excelente, transparente, auténtica, cruda. Zara Castell acababa de publicar una novela juvenil que estaba resultando un fenómeno editorial; trataba temas de la vida de los adolescentes en cuanto a sexo, drogas, diversidad, vínculos, prejuicios, estigmas, desde un punto de vista sensato y divertido. No tuve tiempo de leerlos pero me di una idea.

Necesitaba una trama que me obsesionara, personajes que respiraran, una voz narrativa que diera vida a cada párrafo. En teoría sonaba sencillo. No era así. La pantalla de la computadora me devolvía las dudas y me miraba expectante. Yo, frente a ella, atrapada entre la necesidad de escribir y el miedo de no saber cómo hacerlo.

Había estudiado a fondo la época del Porfiriato —a la que perteneció la bisabuela— al escribir la tesis de licenciatura. Aprovechando esto, se me ocurrió contar algo que ofreciera una perspectiva ficcional, una visión de las pasiones humanas entretejidas con la vida política y cultural en el país durante el Gobierno de Porfirio Díaz. En el contexto de los conocidos conflictos militares y sociales, de las traiciones entre bandos, me preguntaba cómo serían los personajes que interactuaban, convivían, se enamoraban; cómo separaban sus vidas privadas de las íntimas; si guardaban secretos, si mentían, si confesaban; de qué manera luchaban contra la incertidumbre, como yo en esos momentos. Al imaginar otros escenarios que no eran los míos olvidaba mi situación actual, tan desesperada, solitaria y caótica. La escritura, entonces, fue mi ancla en medio de las olas salvajes y las aguas profundas de la ansiedad.

La trama que construí era falsamente sencilla: giraba alrededor de la desaparición de un miembro del Partido Científico, Mariano Elías Camargo, hombre allegado al general Díaz que descubrió un romance entre este y una aristócrata francesa de nombre Simone Lambert. Se contaba desde tres puntos de vista: del abogado Ramiro Gastélum, secretario de Díaz, de la mujer francesa y de don Porfirio. Los protagonistas daban distintas versiones de los hechos, cada uno con su propia voz, recurso que intrigaba y llevaba de la mano al lector hasta el final. Tenía claro que existían obras bien documentadas sobre el Porfiriato; lo que yo pretendía era explorar la ficción, el género negro, y crear un tejido de intrigas, amor, envidias basadas en personajes que habían existido. Con eso sembraría la duda de si lo que narraba estaba o no basado en la realidad, artificio apropiado en toda novela de este tipo.

Pasaron los meses, cuantificados en cuartillas, concentración y desvelos. El trabajo y la dedicación fueron arduos. La historia funcionaba, fluía, y yo estaba asombrada del resultado. Al poner el punto final, sentí que las cosas se fueron transformando para bien. Había conseguido un nuevo empleo y con buena paga; comencé a sentirme más estable, bebía mucho menos.

Pero faltaba algo que se convirtió en una obsesión: publicar esa novela.

Las editoriales y algunos escritores tienen mucho en común. Manipulan, destruyen, mienten, roban: todo por salirse con la suya. Mientras tanto, las instituciones, gigantes de hielo inquebrantables, los protegen bajo un manto gélido, resguardándolos en aras de las ventas y el prestigio.

Por su parte, los lectores se adentran con goce en la oscuridad de la narrativa, dejándose envolver en un morbo que excita sus instintos más perversos. Creen que, por tratarse de ficción, las escalofriantes historias de las novelas negras les son ajenas. En realidad, lo que esperan es que el sol llegue y derrita las capas de nieve que los cubre, y así poder ver el cruel y despiadado invierno oculto que llevan debajo de la piel.

Madrigal era el grupo líder en el mercado editorial en España y América Latina. Contaba con un destacado catálogo de autores hispanohablantes clásicos y contemporáneos distribuidos en varios sellos, y tenía una gran capacidad de distribución. Publicar en Madrigal otorgaba prestigio y credibilidad en el medio, lo cual representaba una diferencia significativa en la trayectoria del autor, además de un respaldo. Era una de las principales compañías que había comprado un buen número de editoriales medianamente grandes y, sobre todo, pequeñas que no estaban sobreviviendo a la crisis actual del sector del libro. Esto la hizo crecer aún más; sin embargo, en el presente, Madrigal no atravesaba el mejor de sus momentos: el porcentaje de títulos en números rojos había aumentado de forma considerable. Aunque no estaba tan cerca de estar en quiebra, el panorama no pintaba bien: necesitaban abrir mercados y aumentar las ventas, seguir publicando buena literatura, *bestsellers*, libros de autoayuda o lo que fuera necesario para recuperar el equilibrio financiero. Hubo despidos, recortes de sueldo, contratos cancelados por falta de presupuesto; esto no fue suficiente, y lo primordial era seguir proyectando la imagen del grupo editorial con un mayor renombre del que hasta entonces habían tenido.

Publicar en Madrigal era lo que yo necesitaba para abrirme campo y ganar una reputación como escritora; que me asociaran a ella sería una validación importante para mi carrera literaria. Si se posicionaba en el medio, mi novela tendría visibilidad, pues estaría disponible en librerías a nivel nacional, incluso internacional, y además invertirían en la promoción y en estrategias de publicidad. Aunque mi obra encajaba con los géneros y estilos de Madrigal, me hice consciente de que necesitaba paciencia y una estrategia que seguir. Como otras editoriales, sabía que recibían cientos de manuscritos al año, sino es que al mes, y que priorizaban los enviados por agentes literarios o los recomendados por autores de casa o conocidos. No sabía hacia dónde o con quién dirigirme, pero si algo tenía por seguro es que mi mayor temor era un rechazo.

Maia Arzate era una mujer española, ambiciosa y ávida de éxito, y fue nombrada directora editorial de Madrigal México, lo cual había sido un acierto no solo para la empresa, sino para ella. Era el paso previo que le faltaba para llegar al punto culminante de su profesión, el codiciado puesto: la dirección general de Madrigal Latinoamérica. Su primer empleo había sido en una pequeña editorial contestataria en Bilbao, de la que tuvo que salir debido a una historia no aclarada sobre sus relaciones con grupos independentistas. Después pasó a otra de mayor prestigio donde ella misma aseguraba que se había vuelto experta en descubrir nuevos talentos y lanzarlos a la fama. Fue así como la aún joven Maia Arzate comenzó a destacar de forma importante en el medio en España y, poco a poco, en otros países. Sabía moverse bien en las ferias internacionales del libro, con otros editores y escritores, lo mismo que con directivos; era lista, lo suficientemente amable para agradar, con la seriedad necesaria para ganarse el respeto de cualquiera. La buscaban para pedir su opinión, para ser juez de destacados concursos de novela en los que su voto era decisivo. Maia Arzate se convirtió en una pieza clave para Madrigal México y, por lo tanto, para mí.

Lo primero que hizo Maia fue la pesada labor de reconstruir el catálogo. Mantuvo a los autores de prestigio y que vendían, lo que no fue difícil detectar. Por otro lado, se echó a la bolsa varios enemigos, ya que eliminó a quienes eran publicados por amiguismos y no por ser necesariamente buenos, además de que en las ventas no pasaban, si les iba bien, de mil o dos mil ejemplares. Su propósito era firme y claro: Madrigal tenía que seguir siendo el mejor referente de literatura escrita en español. Maia Arzate: el eslabón necesario para cumplir mi meta de acercarme a Madrigal.

Fui a la presentación de un libro, sabía que ella estaría presente. Nunca la había visto en persona, pero la había buscado en Internet. Enseguida la reconocí cuando entró al salón. Vestía un traje sastre gris claro, zapatos altos y una mascada color rojo que le rodeaba el cuello y que la hacía ver elegante, muy en su papel. Desenfadada, subió directamente al pódium y tomó asiento en una silla al lado derecho, en medio del autor y del otro presentador. Cuando habló sobre la novela fue breve, la elogió sin exagerar ni adular, como no es común en esas circunstancias, y dejó que los otros dos tomaran la palabra. Miraba al público y de cuando en cuando hojeaba la novela que tenía entre sus manos. El evento terminó y, entre aplausos, Maia se puso de pie, saludó de mano a algunos asistentes con rapidez y sin mayor intercambio de palabras. Se fue hacia la puerta que daba a un patio; salí detrás de ella. Sacó de su bolsa unos Benson & Hedges y un celular. Su figura se veía distinta con la poca luz del exterior: las sombras la hacían parecer inaccesible. Marcó un número y pronunció una frase en catalán que no entendí. Se quedó en silencio, escuchando al interlocutor; me fui acercando; me vio de reojo.

—¿Me regalas un cigarro? —me animé a preguntar apenas terminó la llamada.

Me ofreció la cajetilla, tomé uno. Acercó un encendedor y rodeé con mi mano la suya, sintiendo el calor de la flama, después prendió el suyo. Se le iluminó parcialmente el rostro y pude verla mejor. El pelo oscuro, no muy largo; un fleco lacio le caía de un lado de la amplia frente acentuándole unos ojos intensos color castaño oscuro, su rasgo más característico. Maia era casi pura mirada, aunque la nariz de gancho tenía lo suyo; mentón redondeado, labios delgados; los lentes que usaba en combinación con las cejas arqueadas y espesas le quedaban bien.

—Tú eres Maia Arzate —pronuncié mientras exhalaba el humo del tabaco que ascendió sobre las dos.

Apenas me miró a los ojos y dio otra fumada.

Alejando la timidez como pude, le conté que había terminado una novela. Sin pausa, platiqué de qué iba, tratando de decirle lo más importante para atrapar su atención. Exageré la trama, la hice parecer mejor de lo que en realidad era. No mostró mucho interés.

—Envíala a la editorial para que la dictaminen. En la página web hay un contacto —me contestó indiferente.

—¿Podrías leerla tú? —me atreví a decirle.

—Me encantaría, pero paso más tiempo contestando correos y en llamadas telefónicas que leyendo originales. Haz lo que te indiqué, ¿vale?

—No te llevará más de un par de horas, es corta, lo prometo. En algún rato libre que tengas —insistí.

Saqué de mi bolsa un USB y se lo entregué.

—¡Hala! Sí que eres insistente, chavala. Veré qué puedo hacer —respondió—. ¿Cómo dices que te llamas?

Se dirigió al interior y me quedé afuera, emocionada por lo que recién había pasado. Regresé al salón, llamé al mesero que cargaba una charola con copas de vino tinto y blanco. Me ofreció una que bebí de prisa; pedí que la rellenara y tomé otra. No quería dar una mala primera impresión, de modo que decidí partir.

La respuesta llegó tres meses después. La ansiedad durante esas semanas me llevó a un estado de ánimo abrumador, fuera de control. Intenté dedicar mi atención a otras actividades para mantenerme ocupada, pero ante la incertidumbre mi mente no se desviaba a otros lugares. En el correo, compuesto por dos frases escuetas, una asistente me pedía que fuera a una cita con Maia Arzate. Sentí un cosquilleo por todo el cuerpo con solo imaginarme sentada cara a cara hablando con una de las editoras más destacadas de Madrigal. Ante los pensamientos catastróficos y los peores escenarios fantaseados, traté de pensar que sería algo positivo, de lo contrario no se hubiera tomado la molestia de buscarme. ¿O sí? Estuve desconcentrada, llena de esperanza. El miedo al rechazo predominaba.

Las oficinas de Madrigal, ubicadas en el último piso de un edificio alto con ventanas de cristal oscuro, sobresalían en una amplia calle muy transitada de Polanco, con un camellón que dividía los sentidos. En la banqueta, al lado de la construcción, había una majestuosa jacaranda; me hizo pensar que era un buen augurio, un indicio de lo que estaba a punto de florecer en mí. Un remolino agitó las ramas del árbol, le dio vida; se movían como brazos queriendo atrapar, inútilmente, el viento. Sobre el suelo tapizado de morado, permanecí unos minutos bajo la sombra fresca. Respiré hondo, tomé valor, me dirigí hacia mi destino. En la recepción tuve que dejar una identificación y anotar mis datos en una libreta. Me tembló la mano al escribir mi nombre.

La oficina de Maia Arzate era sobria, con un par de estantes llenos de libros; sobre el escritorio, la computadora, la cajetilla de Benson, una taza con plumas y lápices, una libreta. A través de un marco de metal un poco desgastado, con las persianas corridas, se veía el paisaje caótico de la ciudad, se mostraba un desfile de personas caminando apresuradas, coches en un flujo continuo, bicicletas zigzagueando entre los vehículos. El cristal, atravesado por un tibio rayo de sol, tenía pequeñas marcas, testigos de una lluvia antigua, mezcladas con polvo del ambiente exterior; por este se filtraba el ladrido de un perro, el grito de un vendedor ambulante que anunciaba su mercancía, voces lejanas incomprensibles, los motores y los frenos de los camiones. Era el sonido omnipresente del trajín urbano, la banda sonora de la ciudad. A pesar de los muchos elementos en constante agitación y el barullo, la escena me hipnotizó. El instante fue eterno.

La voz de Maia al pronunciar mi nombre interrumpió el espasmo en el que me encontraba. No pude descifrar el gesto que su rostro mostró en esa fracción de segundo: arqueó las cejas, sin sorpresa; no sé si los labios sonrieron sutilmente o si se curvaron hacia abajo, resignados, como si los pensamientos o emociones estuvieran en conflicto, oscilando entre lo que yo apenas pude interpretar como inquietud. Nos saludamos de mano, sentí su piel tibia y suave, en contraste con la mía, fría y sudorosa. Tomé asiento frente a ella, parecía más joven de lo que recordaba.

Hubo un silencio raro e incómodo que luego de varios segundos decidí romper con una frase tonta que se me ocurrió al momento.

—¿Cuántos autores habrán entrado aquí a dejarte un manuscrito?

Le saqué una media sonrisa.

—Más de los que puedo recordar y menos de los que merecen ser publicados —me respondió mientras giraba un Benson entre los dedos, ligero, como si buscara un equilibrio manteniéndolo en movimiento.

Para mi sorpresa y terror, sin decirme nada, Maia sacó de un cajón mi novela impresa. Dejó el cigarro a un lado y comenzó a leer en voz alta las primeras líneas. Al cabo de un tiempo, se detuvo y la puso a un lado. Tragué saliva, no sabía hacia dónde mirar, el corazón me latía rápido y el aliento se agitaba.

—A grandes rasgos, una buena novela de misterio o policiaca debe tener varias cosas: argumento, acción, intriga, algo de violencia, sexo, coherencia y ritmo. Se dice fácil, no es así. Tu novela es auténtica, tiene trama; los personajes no están mal y la historia es verosímil. Querida, a tu libro le hace falta una exhaustiva revisión y un buen trabajo de corrección de estilo.

—¿A qué te refieres? —le pregunté, confundida.

—A que lo pongas en mis manos. Con mi edición podemos hacer algo mucho mejor. Si me dejas ayudarte, puedes dar un paso importante como escritora —me propuso, y yo enmudecí.

Continuó hablando. Mi novela le pareció atractiva no solo para los editores de Madrigal, sino para lo que buscaba allá afuera, en el público, es decir, lecturas que atraparan, emocionaran, que hicieran pensar, sentir, vivir.

—Debes crear giros inesperados, atmósferas impredecibles, perturbadoras: ese es el gancho. Hay algo de eso en lo que me entregaste.

Maia hizo una pausa, luego continuó:

—Recuerda, chavala, lo que más nos interesa son las ventas, el éxito comercial —añadió cuando yo estaba a punto de hablar, sin estar segura de qué decir.

No tenía duda de que ese era el objetivo de la editorial, pero me pareció que su énfasis en el mercado minimizaba el trabajo artístico. De todas formas, mi emoción fue evidente. Sentía el cuerpo ardiendo y, mientras sonreía, también me daban unas incomprensibles y tremendas ganas de llorar.

Maia me explicó el supuesto protocolo; yo sabía que no era algo que se llevaba al pie de la letra con todos los autores, pero estaba iniciándome en la editorial y tenía que pasar por eso. Me pidió que reenviara el manuscrito en un formato estándar, con un tipo de letra en específico y un determinado interlineado y márgenes. También tuve que hacer una sinopsis de la historia, una carta en la que explicaba por qué mi novela era adecuada para Madrigal y una breve biografía mía. Los lectores editoriales iban a realizar una primera revisión para identificar si la obra cumplía con los requisitos básicos, como estilo o calidad narrativa.

De nuevo tuve que convivir con la incertidumbre a pesar de que Maia me mantuvo al tanto del proceso, que era muy lento, según me advirtió desde ese primer día. Traté de sobrellevar la espera como pude y, tras varias semanas emocionantes y estresantes a la vez, recibí la noticia: *La triple ciencia*, después de haber sido sometida al protocolo correspondiente, tuvo un dictamen favorable.

Maia colocó sobre el escritorio un contrato cuya jerga burocrática me parecía confusa. Incluía una serie de condiciones como el plazo de publicación, los compromisos tanto del autor como de Madrigal, el tiraje y otras cosas. Me alcanzó una pluma; puso el dedo en una cifra con cuatro ceros.

—Por este medio te estamos comprando los derechos de autor, a partir de ahora no podrás comprometer el libro con ninguna otra editorial ni publicar partes del texto en ningún otro medio físico o audiovisual.

Accedí a todo.

Maia Arzate y yo compartimos éxitos y fracasos, pero nada comparado a lo que ese momento iba a significar. No sospechábamos de lo que yo era capaz de hacer con tal de lograr la fama literaria.

Escribir no es solo teclear lo que brota de la mente. Es, de hecho, un proceso traicionero. Las ideas surgen, pero al intentar sacarlas algo se pierde. En la traducción del pensamiento a lo escrito hay una deformación, un cambio de tono, de sentido. Incluso hay veces en que el resultado es lo contrario: no se parece a lo original. Lo que parecía claro en la cabeza se vuelve confuso en el papel. ¿Cómo escribir de una forma más pura? ¿Cómo externar lo que imaginamos sin censura? Transcribir palabra por palabra podría ser la solución. Pero el lenguaje y sus reglas se imponen para la comprensión del lector, incluso a veces de nosotros mismos. Escribir quizás sea eso: la lucha entre lo que pensamos y lo que creemos concretar en los textos.

Durante el proceso de edición de mi novela, Maia y yo acostumbrábamos ir a una cantina cerca de Madrigal.

Mientras que a mí Las Camelias me parecía un lugar horrible, a ella le gustaba por ser un sitio pintoresco que ofrecía comida mexicana típica. Le expliqué muchas veces que era para turistas, que fuéramos a otros lugares; ella insistía en que ahí el ambiente era más agradable. Me aturdía el ruido, el barullo, los vendedores y cantantes ambulantes, ya fueran mariachis o algún trío. Le encantaba pedir tequila con limón y sal, o margaritas, quesadillas y tacos fritos con guacamole y una variedad de salsas. Los meseros ya nos conocían y nos atendían de maravilla; sin falta, nos obsequiaban bebidas por cuenta de la casa. ¡Cuántas cosas se hablaron ahí, cuántas discusiones interminables, risas, intimidades!

Hija única, como yo, Maia era oriunda de un pueblo en una provincia del País Vasco, del que hablaba con nostalgia. Alguna vez me mostró unos versos, nunca publicados, en los que evocaba sus más íntimos recuerdos. En ellos describía los profundos acantilados, la costa, los tonos de los *flysch*, los ríos. Vivía en una colina rodeada de encinas, afirmaba que ese paisaje era el que más añoraba y al que algún día volvería. Atravesó parte de la transición de la dictadura a la democracia que la muerte de Franco trajo consigo. Su tendencia se inclinaba a la izquierda y perteneció a un par de grupos conformados por jóvenes como ella, con creencias extremas, idealistas. Cuando me lo narraba, un dejo de rebeldía y tristeza se asomaba en su rostro. Decía estar decepcionada por haber perdido el tiempo sin poder lograr algo en concreto, un movimiento con cambios verdaderos. Por más que busqué, su nombre no se hallaba en las listas de los integrantes de los grupos radicales vascos más conocidos, a los que afirmó haber pertenecido. Me contó que de joven tenía diarios en los que plasmaba sus reflexiones, que un día quemó. Se dio cuenta de que eran anécdotas sin sustancia, vacías, y de que los pensamientos formaban simples oraciones reunidas sin sentido. Yo, al contrario de lo que me contaba, imaginaba que ahí describía sucesos locos, atrevidos, no solo en cuanto a política, sino sobre experiencias personales, eróticas, que había vivido en otros años y que no quería exponer por ningún motivo. ¡Qué ganas de rescatarlos de las cenizas y leerlos, saber más, mucho más de ella, conocerla bien! Estudió Filología Clásica en la Complutense y obtuvo un posgrado en Literatura por la misma universidad. En la página digital del campus hallé una copia de su disertación titulada *El* bildungsroman *en las narradoras españolas contemporáneas*, una investigación sobre los rasgos distintivos de los *bildungsroman* de algunas autoras publicadas bajo un contexto estético, filosófico e ideológico en común. La tesis sobre la novela de aprendizaje era buena y aportaba novedosos conceptos; fue publicada tiempo después por la misma universidad para que los estudiantes la tomaran como referente en los cursos de licenciatura.

Mi curiosidad por su vida privada era evidente; sentía una mezcla de interés y necesidad de saber todo sobre ella. Me contó a qué edad y con quién se acostó por primera vez: un amigo de su hermano; ella tenía apenas catorce y él veintiuno. La inició de una forma perversa y mantuvieron relaciones sexuales secretas durante años sin que nadie de la familia lo supiera.

—¿Como la Lulú de Almudena Grandes? —pregunté.

—Ese personaje me encanta… Digamos que fue algo así —contestó Maia riéndose de mi referencia.

Maia tenía una pareja con la que se encontraba de vez en cuando, ya fuera en México o durante sus viajes a Europa. Se trataba de un marroquí. Me mostró una foto de él: mucho más joven que ella, alto y fornido, piel oscura, cabello ensortijado; parecía artista de cine. Habló poco de su relación con él, pero acentuó que era algo casual, sin compromiso, y me hizo saber que el sexo con este hombre era fabuloso. Yo le platiqué de mis pasiones amorosas, así como de otras relaciones pasajeras, sin darle mucha importancia. Fingí ante ella que me interesaba encontrar a alguien con quien compartir mi vida, con los mismos intereses.

—Mira, chavala, no vas a hallarlo todo en una sola persona. Busca a alguien estable, pero nunca dejes de experimentar, y sé siempre discreta.

No me interesaba su discurso. Me hubiera gustado que me contara sobre los chismes internos de Madrigal: quién se acostaba con quién, editor con subalterno, director con editora, directora con escritora, asistente con recepcionista y todas las combinaciones posibles; quiénes estaban peleados a muerte; quién ansiaba el puesto de otro y haría todo por quitárselo.

El mundo editorial es una selva, como la sociedad o cualquier institución. Entendí que en esas tierras salvajes hay una cadena de acontecimientos en la que el más grande y poderoso gana y se come al otro; el que sabe moverse toma el mejor camino, y quien conoce a las personas correctas y sabe tratarlas se acerca a su propósito. Quien tiene claro el objetivo triunfa. Después aprendí que debía irme con cuidado, no confiar casi en nadie, competir contra lo que fuera, luchar ante todo obstáculo que se interpusiera si no quería que mis libros terminaran en una trituradora de papel. La supervivencia en el medio literario no es fácil y el camino que va del primer borrador hasta el libro impreso es largo y farragoso, y te congela toda esperanza.

Mi novela tenía originalmente otro título, Maia se lo cambió por *La triple ciencia*, aseguró que era mucho más comercial. Tenía razón; no iba a contradecir a mi guía. Aunque le faltaba desarrollo para que prosperara, estaba segura de que era una novela particular, llena de matices, seductora para quien quisiera no solo penetrar en la psique de los personajes de aquellos años, sino tener una lectura ágil y agradable. Tuve que trabajar de nuevo en la estructura, en la secuencia temporal, en las voces narrativas, y todo, por supuesto, bajo la supervisión de Maia.

Mi editora programó un riguroso calendario de trabajo ajustado a sus tiempos, sin importarle los míos. Me citaba en su oficina sin decirme el tiempo que nos iba a tomar cada sesión; podían ser dos, tres o hasta cinco horas seguidas. Cada semana revisábamos nuevas porciones del libro. Juntas leíamos línea por línea; reconstruíamos cada párrafo, cada idea. Subrayar, tachar; ella sugería, yo anotaba, reescribía, aprendía; mantuvimos algunas partes, otras las ampliamos y eliminamos varias. El texto inicial era una piedra en bruto que Maia pulía; iba tomando forma, comenzaba a madurar, manteniendo la esencia de mi historia, sin embargo, transformándola para hacerla única. Exploramos a fondo los temas, definimos la dirección y el propósito del argumento. Enriquecimos a los protagonistas, les dimos una nueva personalidad; hubo algunos a quienes incluso les cambiamos la edad, el género. El contexto se mantuvo igual, pero añadimos nuevas capas al conflicto principal, giros inesperados. Mi creatividad iba creciendo; sentía la euforia, la emoción; no pensaba en otra cosa más que en mi libro. Lo editamos y pulimos todas las veces que fue necesario. Con la ayuda profesional e inteligente de Maia era indudable que obtendría el prestigio literario que yo tanto deseaba y creía merecer.

Conforme mi novela tomaba forma, mi avidez de reconocimiento crecía sin control. Buscaba validación en cada mirada, como si esta confirmara el sentido de mi existencia. Quería pertenecer, ser vista, leída y aplaudida. Al mismo tiempo, la confianza en mi pluma se debilitaba; había inseguridad en cada palabra, cada frase, cada párrafo. Un abismo interno me habitaba, la sensación de vacío me carcomía. Escribir esta novela era un intento desesperado por sobresalir, por eliminar el miedo a la invisibilidad. Cuanto más avanzaba, más me perdía en la duda.

Somos personajes que no dejan de actuar en la novela de la vida. Nos movemos en un escenario, cambiamos de atuendo, de máscaras, de lugares y de compañía dependiendo la ocasión. Incluso el discurso es cambiante, aunque sea poco convincente si se observa bien. Frente a un público ávido de historias, damos nuestra mejor versión. Nadie quiere un papel secundario o aburrido, odioso, despreciable. En el protagonismo, fingimos amabilidad, aunque ardamos de envidia o enojo; aparentamos paciencia, aunque la impaciencia nos consuma. Las risas parecen genuinas. Contamos nuestras mejores anécdotas, los chistes con más humor, las historias más interesantes. En la escena exageramos, adornamos, pero, cuando el guion se pone en pausa, ¿quiénes somos o qué papel representamos?

Maia Arzate organizó una cena no especialmente para mí, pero que sí serviría para que me fuera introduciendo en el mundo de los intelectuales y las letras. Me pidió que llegara antes que los demás invitados. Compré dos botellas de Rioja que me recomendó Serafín, el viejo empleado de la vinatería que quedaba cerca de mi casa, quien conocía mis gustos e incluso me fiaba. Le expliqué que era un evento especial y tenía que quedar bien con la anfitriona.

Maia abrió la puerta y me recibió sonriente, con un abrazo caluroso, que no era común.

—Eugènia... —pronunció con su voz ronca, deteniéndose en la sílaba de en medio—. Me gusta cómo se oye tu nombre en vasco.

Me asombró verla vestida con una falda de abertura lateral que llegaba hasta la mitad del muslo. Peinada de otra forma, con el pelo suelto, y sin lentes, la percibí diferente en comparación con su apariencia en la oficina. Yo también me esmeré en mi arreglo, me sentía guapa y segura.

Era un elegante y acogedor departamento en un decimosegundo piso. Traté de mirar con atención cada detalle. Sobre una mesita donde dejé mi bolsa, había un colorido y pequeño móvil de Calder con triángulos y círculos de colores. El piso de madera oscura, las paredes lisas y blancas, un par de tapetes persas. En un portarretratos, una foto de Maia niña, en blanco y negro, detrás de ella el paisaje vasco. Seguí por un pasillo alfombrado que llevaba a las habitaciones, tenía varios cuadros colgados en los extremos. La sala, a la derecha, un espacio amplio; la mesa, una pieza rectangular de mármol sobre el suelo con platos repletos de quesos y carnes frías. A su alrededor, cojines para los invitados. Se veía el cielo de la ciudad que contrastaba con la escasa iluminación del lugar. La noche era fresca; el viento bramaba afuera y se colaba por una ventana. Maia me llevó a la cocina. Había pan tomate, aceitunas, tortilla española, jamón ibérico y *pintxos*.

—Querida, te recuerdo quiénes vienen hoy. Víctor Rodríguez, el guapo y excéntrico pintor veracruzano que reside en Nueva York.

Maia me mostró desde lo lejos una obra de él que tenía en la sala. Era un cuadro enorme, todo en tonos azules, con el rostro de una mujer delgada con lentes redondos, grandes, y un cigarro en la boca.

—Zara Castell es una muy buena escritora. Quizás la has leído ya —continuó Maia.

—Canceló Francisco Domínguez, el crítico de *El Occidental*, que hoy por hoy es la voz más respetada del gremio intelectual. Es muy reconocido, y sus artículos semanales influyen sobremanera en los escritores y lectores. Mi amigo Ángel Beltrán, poeta. Por último, Claudio Ramírez, el director general de nuestra editorial, a quien me urge presentarte.

Hizo una pausa, comió un pedazo de queso y, con la boca llena, siguió hablando.

—Primero, cuida tus tragos. Segundo, no seas demasiado reverente con Claudio. Tercero, platica con Zara Castell, puede darte buenos consejos. Por último, Ángel te va a querer seducir, ya tú sabrás si se lo permites o no.

Mientras acomodaba el pan en un cesto, Maia sacó un Freixenet del refrigerador. Brindamos como tantas otras ocasiones, pero esta vez en la intimidad de su territorio.

El primero en llegar fue Víctor Rodríguez, con un ramo de rosas rojas para la anfitriona. Me saludó de beso, sentí sus mejillas frías. Era un hombre extraño, vestido completamente de negro, con pantalones de piel, muchos tatuajes, botas puntiagudas… parecían de mujer. De estatura mediana, delgadísimo, unos cincuenta años. Debajo de unos llamativos lentes con marco negro y cristal transparente, se asomaban unos ojos azules, muy claros. Me eclipsaron. Tenía muy poco pelo, casi pelón: eso lo hacía aún más atractivo. ¿Qué habría debajo de ese disfraz? Parecía imposibilitado para relacionarse con los demás, con el mundo. No hablaba casi, había un dejo de tristeza y ternura en su mirada.

Víctor Rodríguez era de otro planeta, y en algo, tal vez en eso, me sentí identificada con él.

Llegó Claudio con Zara Castell. Él con una botella de vino blanco y ella con otra de tinto. Se sentaron sobre los cojines y comenzaron a hablar entre ellos hasta que poco a poco se fueron integrando a la conversación general.

Zara Castell parecía interesante, con personalidad. Sus ojos tenían matices azules, verdes o grises, violetas quizás; imposible descifrar ese color tan cambiante y extraño. Impenetrables. Parecía que veían más de lo que debían. Maia me había comentado que su carrera como escritora iba a toda marcha; Madrigal le había abierto las puertas, la consideraban una estrella en ascenso.

De nuevo sonó el timbre, y Víctor, que estaba de pie, silencioso, mirando los otros cuadros del lugar, abrió la puerta. Era Ángel Beltrán. Apenas entró, exhibió ostentosamente una botella del legítimo ajenjo.

—¡Llegó el poeta maldito! —Maia le dio la bienvenida.

—Será maldito, mas no poeta —comentó Claudio Ramírez en son de burla.

El susodicho Ángel, a quien no le causó gracia el comentario, vestía unos pantalones de mezclilla y una camisa negra abierta y arremangada. En el antebrazo tenía un tatuaje con una palabra en griego cuyo significado no supe. Era guapo, tenía el pelo largo, despeinado, y la barba crecida de varios días le daba un aspecto bohemio.

Yo era nueva en este tipo de ambientes; me intimidaba relacionarme con todas estas personas: un crítico, un pintor, una superescritora, un poeta inédito, mi editora y un alto ejecutivo del medio editorial. Zara, a diferencia de mí, platicaba historias que todos los demás festejaban y comentaban. ¡Qué fácil le parecía opinar, argumentar! Al pasarle una copa a Claudio, vi que le tocó la mano con delicadeza. También puso su mano sobre el hombro de Ángel al levantarse a la cocina y se hizo acompañar de Maia. Le dijo «mi amor» a Víctor.

Me sentía fuera de lugar, o no sé si era mi propia inseguridad la que me hacía creerlo. Víctor al lado de mí, al verme tan callada me dio conversación.

—Tienes un rostro raro pero interesante. Los ángulos proporcionados, gestos expresivos, tu nariz, tus ojos... Me gustaría hacerte un retrato. A mi manera, por supuesto —Me tomó de la barbilla.

—¡Por fin cambias de modelito! ¿Ya dejaste de pintar a tu ex? Oye, pintor, bosqueja un desnudo de cuerpo entero de Eugenia y me invitas a verla posar —le propuso Ángel con sorna, agresivo.

—¿Cómo dijiste? —le preguntó Zara.

Ángel se hizo el desentendido.

Zara se había incomodado por el comentario tan fuera de lugar dirigido hacia mí, del cual yo sola no pude defenderme. Le sonreí en complicidad y me devolvió el gesto.

Víctor era conocido por pintar infinitas veces a la mujer con la que estuvo casado por un tiempo. Me imaginé sin ropa en uno de sus lienzos, posando para él; mi figura al centro con objetos distorsionados, muchos colores, yo ocupando el lugar de ella.

Me fui relajando poco a poco y me sentí más en confianza. Claudio soltó un largo monólogo sobre la diferencia entre plagio y apropiación, pues el escándalo del momento eran las acusaciones que se le hacían a un conocido autor que había incorporado partes enteras de libros de otros en su más reciente obra.

—No es lo mismo un hurto vil que el empleo utilitario de las palabras o ideas de otro. Hay autores que no saben desarrollar sus buenas historias, y vienen otros que las reivindican, con lo que merecen el reconocimiento que los primeros nunca lograrían.

—Si yo en esta misma oración parafraseo un aforismo de Valéry, ¿lo estoy plagiando? —argumentó Claudio.

—Esto podría responderlo nuestro querido amigo ausente —intervino Maia.

Se refería a Francisco Domínguez. El renombrado y temido crítico tenía fama de misógino y arbitrario en sus opiniones, razón por la que hacía no mucho hubo una protesta en contra de su inclusión en los más altos círculos académicos. Al final, sostuvo que los juicios hacia él eran infundados y logró mantenerse en su distinguido puesto. Era un hombre más que preparado, de eso no había duda, y de él dependía quién sería aceptado o no en las altas esferas intelectuales.

—Dime, Maia, ¿crees que los pasajes bíblicos de ese libro son un plagio? ¿Tú, como editora, qué hubieras hecho? —señaló el pintor.

—Por supuesto que nunca hubiera censurado algo así, pero le habría advertido a mi autor acerca de los peligros de escribir con pluma ajena —respondió Maia.

—Yo creo que no tiene nada de malo —apuntó Ángel.

Zara y Claudio lo miraron de forma despectiva.

–¿Y por dónde te pasas el derecho de autor, Ángel? —inquirió Maia.

—¡Por el Monumento a la Revolución! —exclamó Víctor, irreverente.

Todos rieron al unísono, yo hice lo mismo.

—¿Y cuál es tu postura? —se dirigió Claudio hacia mí.

—Lo único que puedo opinar es que yo nunca haría eso ni tampoco lo justificaría —respondí.

Observaba a todos como si estuviera fuera de la escena. Maia, en su papel de amable y generosa anfitriona, llenaba las copas apenas se terminaban, evitando que el encanto del ambiente se desvaneciera. Víctor seguía sin hablar mucho, misterioso e inquietante. Ángel, cada vez más cerca, rozaba mi pierna con la tela de sus jeans. Yo no me aparté. Claudio se mantuvo serio e interesado en la conversación. ¿Zara? Dominaba la escena con elegancia genuina. Tomaba pequeños sorbos de vino, intercalándolos con agua natural, dosificando el placer. Comía poco, parecía que su cuerpo no necesitara alimento. Sus manos, largas y expresivas, se movían en el aire; como si sostuviera objetos invisibles con los dedos. Sin presunción, habló del éxito de la novela que apenas había publicado y de su próxima traducción al inglés y al francés, y tal vez al ruso. Todos la escuchábamos, hechizados por su magia.

—Por cierto, ¿sigues con Julián? —le preguntó Ángel.

Zara se puso incómoda, desvió la mirada. Respondió que hacía mucho que no lo veía y cambió el tema.

Se habló de los títulos más vendidos, de los libros de autoayuda que sacaban de apuros económicos a todas las editoriales, del último acto de corrupción del político en turno y de la nueva generación de escritores molestos porque ya no recibían becas por parte del gobierno. No iba a comentarlo, por supuesto, pero a mí me habían rechazado la beca el año anterior por mi corta trayectoria literaria.

Seguía inquieta y fui al baño a tomar un respiro. Cuando me levanté, Ángel me miró con descaro de arriba abajo. Me gustó sentir sus ojos posados sobre mi cuerpo con lascivia muda. La anfitriona entró conmigo justo antes de que yo cerrara la puerta; le puso seguro. Se levantó la falda sin titubeos, se sentó en el inodoro y comenzó a orinar sin el menor pudor. Desvié la vista, fingí concentración mientras me retocaba los labios frente al espejo. Maia se levantó con calma, me arrebató el lápiz labial y comenzó a aplicármelo ella misma. Me sostuvo la cara con cuidado, me soltó el pelo y lo acomodó. Con el pretexto de ajustarme la blusa, deslizó sus manos por mi cintura, por los muslos. Me quedé inmóvil frente a su proximidad invasiva.

—Qué linda estás, Eugènia —susurró—. Oye, relájate. Volvamos a la mesa y disfrutemos, ¿vale?

Sonrió. Yo no supe si era un flirteo o un desafío.

Regresamos tomadas de la mano. Los demás hablaban sobre las estratagemas publicitarias para vender que utilizaba la editorial Sinopsia, competencia de Madrigal.

—Sinopsia me buscó, pero a mí no me interesa publicar: escribo para mí mismo —alardeó Ángel.

Nadie le hizo caso.

—Eugenia va a publicar pronto una novela con nosotros —informó Maia, y yo quería meterme debajo del mantel.

—Lo sé y brindo por eso, querida —agregó Claudio, y todos levantaron las copas.

La sobremesa se extendió hasta la madrugada, envuelta en humo de cigarro y restos de comida. Víctor se retiró poco después de la medianoche. Al despedirse, sentí sus labios en la comisura de los míos. Había comentado que al día siguiente se regresaría a Nueva York.

Fue después de su partida que nos dimos cuenta de algo: había intervenido su propio cuadro. Con un plumón negro y grueso, hizo caricaturas de cada uno de los asistentes sobre la obra original. Maia con gafas desproporcionadas y un libro en la cabeza. Claudio con una corbata que le llegaba hasta los pies descalzos, con siete dedos cada uno. Ángel reducido a una figura diminuta en una esquina, sin piernas. El mismo Víctor maquillado de payaso, los labios rojos y tristes. Zara y yo aparecíamos de perfil, casi idénticas, una frente a la otra y, en medio, una especie de enano con un sombrero y un pene enorme.

El cuadro alterado se burlaba de nosotros desde la pared.

Claudio Ramírez tuvo que irse con el pretexto de que debía asistir a un coctel en la embajada de España. Zara se fue con él, dejando una estela de alegría.

Maia, Ángel y yo nos quedamos solos. Dudé entre estar un rato más o irme, pero el alcohol disolvió mis dudas. Ángel sacó un porro, lo encendió con calma, anunciando que la noche seguiría por delante. Me pasó el humo con un beso lento; su lengua rozó la mía y el amargo sabor de la mariguana invadió mi garganta. Maia, frente a la ventana, murmuró algo que no alcancé a entender. Se balanceaba, el alcohol marcaba el compás de cada movimiento. Al girar hacia nosotros, pude ver una sombra de melancolía en su mirada, que se fue en un instante. Subió el volumen de la música, comenzó a bailar, a cantar con una energía que se parecía más a la desesperación. Ángel, sentado a mi lado, me acariciaba la pierna, los hombros, la espalda. Yo me dejaba y le pedí otro beso después de una calada, sin saber que esa mezcla de humo y saliva era peligrosa.

Recostados sobre los cojines, comimos los restos de las tapas. Yo en medio de los dos, envuelta en una bruma cálida que me hacía sentir bien. Entre risas comenzaron a interrogarme. Ángel insistía más que Maia, con filosa curiosidad.

—¿Vives sola? ¿Tienes pareja? ¿Qué haces en tus tiempos libres?

Me divertía el juego de las preguntas indiscretas; yo tenía que responder con provocación y generarles más curiosidad.

—Dinos cuántos hombres te persiguen, Eugenia —soltó de repente Maia.

—Nunca llevo esa cuenta. —Saboreé la pausa—. Solo la de los orgasmos que me dan en una noche.

—¿Escribes tus fantasías? —me cuestionó Ángel, arqueando las cejas.

—Dime las tuyas y las añado en mi novela… si acaso son lo suficientemente eróticas para que valgan la pena… —Me incliné hacia él, disfrutando la respuesta que formulé a tiempo.

—¡Hala, que se está poniendo bueno esto! —estalló Maia en una carcajada y se fue tambaleante a la cocina.

—Ahorrémonos los prolegómenos. —Percibí el aliento a alcohol, mota y tabaco de Ángel. Entramos a un cuarto pequeño y oscuro, en el sótano de un edificio de departamentos en una colonia que yo no conocía. Había imaginado que el lugar estaría lleno de estantes repletos de libros, caótico; una máquina de escribir antigua, como la que él había presumido tener; hojas por todas partes con poemas a medio escribir; citas literarias pegadas con cinta en las paredes; tazas con restos de café, plumas fuente, muebles eclécticos: el refugio de un creativo. No era así. El espacio tenía una mesa y dos sillas degastadas, y en un estante había apenas una veintena de tomos. Podía escuchar los pasos y las voces de los vecinos de arriba; le pedí que pusiera música. No tenía bocina y la voz de Lou Reed sonó desde su celular: «Take a walk on the wild side».

Él se dejó caer en un sillón de dos plazas, medio roído y sucio, con la actitud de quien ya sabía qué iba a hacer conmigo.

—Quítate la ropa —me ordenó.

Y yo obedecí.

Entre sombras, me fui desnudando despacio. Ángel me observaba de arriba abajo, deteniéndose en todas partes menos en mis ojos. Aunque hacía frío, mi cuerpo ardía. Me quedé en ropa interior y tacones, lo que me excitaba aún más. Di unos pasos por el lugar, desafiándolo; le arrebaté el cigarro de los labios, lo tiré al suelo y lo apagué con la punta del zapato, en un asumido papel de mujer dominatriz.

—No te muevas —me espetó mientras se desabrochaba y bajaba el pantalón.

Con el dedo índice, me hizo señal de que avanzara, y yo fui hacia él mirándolo sin pestañear. Me arrodillé, hundí mi cara en su entrepierna, confirmé su erección. Lo probé, lo lamí; sentí cómo se estremecía, lo hice temblar. De repente, me apartó de forma brusca, yo gemí en tono de protesta. De un solo movimiento bajó la tanga; me colocó a horcajadas sobre él, con urgencia. Cuando lo sentí entrar, jadeé, grité y percibí cómo su sexo iba creciendo.

—Hasta adentro, Ángel —murmuré clavándole las uñas en la espalda.

Esta vez, él fue quien obedeció.

Poco después me encontraba en el balcón de mi departamento, desvelada, con resaca, tan cansada que me era imposible dormir. Porfirio lamía mis pantorrillas con su lengua como lija; se trepó a mis piernas y sentí su cariñoso ronroneo. Cubierta con una ligera cobija y sentada en mi silla Acapulco, intenté reconstruir lo sucedido en casa de Maia, sobre todo la escena en el baño: ella sentada sobre la taza, el sonido de la orina sobre el agua, yo alejada por un momento de todas aquellas personas entre las que no me sentía muy bien. ¿Se me insinuó ella? ¿Planeó que me sedujera Ángel en un juego perverso y acordado entre ambos?

La ciudad comenzaba a iluminarse con el sol dorado de la primavera sobre los árboles, entre las hojas; una ligera y tibia brisa recorría el paisaje llevando consigo un aroma a flores nuevas. Salí a caminar sin saber a dónde, como de costumbre, y mis pasos me llevaron hasta una cafetería antigua, con cortinas de encaje en las ventanas. En el cristal, escrito con plumón, se leía: «Café turco y exquisitos dulces orientales». A la entrada, una mujer me observaba. Llevaba un turbante de colores encendidos y una túnica floreada que se agitaba con el viento; el maquillaje espeso parecía una máscara. Me invitó a pasar. No había nadie en el interior, olía a incienso. En una diminuta taza me sirvió un café turco que bebí de prisa. El sabor intenso y amargo se impregnó en mi aliento. Al terminarlo, la que resultó ser cartomántica sonrió.

—Da vuelta a la taza sobre el plato y gírala siete veces en el sentido contrario a las agujas del reloj —me indicó haciendo señas con las manos adornadas con un anillo y sus uñas largas y rojas.

Cuando regresé la taza a la posición normal, ella sonrió de una forma misteriosa y comenzó a hacer la lectura de la borra.

—El fondo es tu pasado, las paredes el presente y lo del borde… es lo que todavía no llega… —dijo abriendo los párpados cubiertos por sombras azul metálico y pestañas postizas.

Me asomé a la taza. Entre los restos de café húmedo, distinguí figuras humanas alargadas, con extremidades y ojos huecos. Tragué saliva.

—Dime algo sobre el amor —pedí con un hilo de voz.

—Tendrás aventuras fortuitas, encuentros secretos. No veo perspectivas de algo sólido —enunció con tono definitivo.

—¿Y mi futuro profesional?

—Veo una situación agridulce. —Sus ojos ennegrecieron aún más, y vi un destello en sus pupilas—. Veo fama y tragedia. Envidias. Tendrás que vencer algunos obstáculos, pero si prestas atención sabrás sortearlos.

No entendía los presagios, pero las palabras se grabaron en mi cabeza. Regresé a casa y me sentí lista para enfrentar lo que viniera.

La escritura es una secuencia con sus propias estaciones. En la primavera germina la idea, nace el proyecto con frescura y emoción. Todo es posible en la abundancia. Brotan las palabras y se siembran como semillas que la fantasía riega. Las páginas son veredas fértiles listas para ser ocupadas. En el verano hace calor, la historia crece, madura y cobra intensidad. Es un momento de fiebre donde no hay que detenerse; la inspiración se desborda como ríos cristalinos en el campo verde y frondoso. En este momento, la creatividad es indomable. En otoño hay pausas. Es tiempo de tomar distancia, releer con paciencia lo escrito. Lo innecesario se desprende como las hojas secas de los árboles. En invierno viene un descanso donde hay una contemplación de lo que ya se ha terminado. El libro se deja reposar; el frío es largo y a veces cruel. En medio de la nieve hay dudas y silencio, pero existe la esperanza de volver a renacer. Y, así, el ciclo de la escritura vuelve a comenzar.

Todo mi entorno orbitaba alrededor de *La triple ciencia* y su publicación. Maia me confirmó que me habían incorporado a la agenda editorial del semestre entrante, y yo asumí el compromiso de respetar el calendario de entregas. Era mi prioridad, mi propósito, pero para alcanzarlo tenía que poner en orden en mi vida, mis hábitos. Y eso representaba un desafío.

El caos en mi departamento reflejaba la desorganización de mi mente. El escritorio era un naufragio de hojas dispersas, libros mal apilados, plumas secas y ceniceros llenos. Y no era solo eso. En cada esquina y en los rincones había restos de una acumulación que iba más allá de los objetos: era la carga de todo aquello que no había querido soltar. Así que comencé a organizarlo todo. Vacié cajones, despejé repisas, depuré el armario. Eliminé el polvo atrapado en los bordes, limpié las superficies. Con ello renovaba mi interior. Cada cosa que tiraba era un pequeño triunfo, un peso menos, una ruptura con fragmentos del pasado que ya no me servían, que solo ocupaban espacio, estorbaban, contaminaban. Nada de eso tenía ya lugar en el presente. Porfirio, mi gato, me seguía con curiosidad y desconcierto. Rasgaba las cajas de cartón, como si intentara rescatar aquello que yo había decidido descartar y olvidar. El aire se llenó de partículas finas que flotaban en la tenue luz que entraba por la ventana. Esa nube trajo consigo una nostalgia inesperada, también un alivio. Me estaba desprendiendo de versiones de mí misma que ya no existían.

Hubo historias que se resistieron a desaparecer, aferradas en los nichos más profundos del recuerdo. Encontré varias notas de Efrén, escritas con su caligrafía inconfundible en pedazos de papel arrancados de los cuadernos que usábamos en la universidad. En una de ellas me describía con características tan precisas que era como una fotografía hecha de palabras. Hablaba de la curva de mi espalda al estar sentada, «una línea que soporta tu existencia»; del pelo que caía sobre mi frente como un velo «tras del cual te escondes del mundo y, al mismo tiempo, te revelas». Detallaba cómo mordía la tapa de la pluma, «un gesto nervioso e inconsciente de aquellos momentos en que buscas respuestas en el aire». Retrataba el brillo en mis ojos cuando «el destello fugaz de la creatividad encendía algo dentro de ti». Para Efrén, todo desaparecía de mi alrededor cuando ese acto casi automático me hacía trazar sobre el papel lo que veía, como si pudiera calcar la realidad con precisión, mirando más allá de lo evidente. Siempre me pareció que exageraba. Elegía bien las frases para convencerme de que, por fin, me acostara con él.

Apareció la invitación de la boda de una prima de Susana, cuidadosamente rotulada con el nombre de Efrén y el mío. El novio era hijo de un político, y habían organizado un evento con más de seiscientos invitados, entre los cuales, no sabíamos por qué, nos habían incluido a Efrén y a mí. Al caer la tarde, Joseph se acercó. Tenía el pelo negro y los ojos verdes; aunque sus rasgos eran algo rígidos, su pulcritud, su buen vestir y la elegancia de sus modales llamaron mi atención. Pasamos el resto de la noche juntos, mientras Susana y Efrén se burlaban desde lejos por lo mal que mi nuevo amigo bailaba salsa. Joseph se ofreció a regresarnos. En el camino lo besé mientras le guiñaba un ojo a mi par de amigos.

Después de eso, Joseph y yo salimos por un rato. Me divertía con él, y todo el tiempo estaba dispuesto a acompañarme al cine o a donde yo quisiera. Me pedía que fuéramos novios, yo no le decía ni que sí ni que no. Él lo aceptaba en la creencia de que tarde o temprano aceptaría.

A veces terminábamos en la cama; lo llevé a conocer los hoteles de paso y otros sitios. El sexo con él no era explosivo, pero no la pasábamos mal, aunque veces me desquitaba con otros para aliviar la calentura. Joseph se fue a hacer una maestría al extranjero por un año, durante el cual le prometí pensar en su seria propuesta matrimonial.

Si aceptaba el anillo de diamantes de Joseph, el obispo nos casaría en la hacienda de sus padres, a donde iríamos los fines de semana en una camioneta con un perro labrador y cinco hijos educados por los Legionarios de Cristo y las monjas capuchinas. Cada quince días, los sábados por la noche, después de su partida de golf y de que se tomara su acostumbrada copa de coñac, haríamos el amor sin encender la luz, sin besarnos y en no más de tres minutos.

Adiós literatura.

Se cansó de esperarme y se casó con una mojigata, una dama de honor de aquella boda.

La bisabuela contrajo nupcias en febrero de 1905; la fecha viene escrita detrás de la fotografía de su boda. Un año antes, su madre había muerto y, junto con ella, se disolvió la posibilidad de elegir su propio destino «marcado por la tristeza», como dejó escrito en un poema. En el cuaderno de su novela incompleta leí entre líneas que no quería casarse. Sin embargo, después de tres propuestas hechas por el mismo hombre en distintos años, accedió con resignación. La primera negativa fue por deber: tenía que quedarse a cuidar de su madre enferma hasta el final, una tarea que asumió sin quejas. Así lo dictaba la devoción filial. La segunda vez, las costumbres la obligaron a guardar luto durante un año; debía vestir de negro, salir poco, asistir a misa todos los días. La tercera fue la vencida, no porque hubiera cambiado de parecer, sino por el peso de la expectativa social, cultural y familiar que doblegó su voluntad. Aceptó.

> Me tachabas de ingrata y fementida
> porque un tiempo rompí con tus amores.
> Hoy palpas que a mi madre bendecida
> la velaba en su lecho de dolores.

No le dijo que sí al hombre, futuro esposo, padre y proveedor, sino al papel del deber ser que debía representar. En sus diarios no relataba nada sobre los preparativos, la ceremonia, el banquete o los invitados. Tampoco mencionaba su vestido, hecho a la medida por una costurera francesa con seda traída desde Europa.

Para ella, fue un día que no existió o que no merecía ser recordado, mucho menos escrito. Un acto vacío, sin significado, una obligación. «Mejor es casarse que quemarse», citó a San Pablo como si esas fueran palaras suyas.

La fotografía de su boda revelaba mucho más de lo que ella pudo haber escrito. El velo que cubría su cabeza no ocultaba la resignación que se adivinaba en su postura. Los pliegues del vestido semejaban montañas y valles: un mapa de su cuerpo escondido, lleno de un fuego que nunca pudo apagar. Su lujosa prisión había sido diseñada para mostrar pureza, modestia, sumisión; era una jaula de telas finas que encerraba a una mujer llena de ideas, deseos, historias por escribir. Me detuve en su rostro. En sus ojos. No veía al novio; su mirada estaba desviada, perdida en un punto lejano, inalcanzable. A su lado, él posaba con un traje gris, impecable, la espalda erguida, mostrando su nueva posesión. En su postura había orgullo.

En la de ella, ausencia.

Maia quería que la atención del medio literario estuviera puesta en las novedades que iba a lanzar, incluida *La triple ciencia*. Planeó que saliera unos meses después del Premio Madrigal, cuyo fallo estaba pronto a revelarse. Las especulaciones estaban al día, los críticos, escritores y editores intercambiaban nombres y apellidos. Algunos apostaban por los autores consagrados quienes, aunque en descenso, tenían el respaldo de la industria. Otros mencionaban a autores jóvenes, revelaciones literarias que habían arrasado con fuerza en los últimos años.

Pero el ganador ya estaba decidido. Maia me lo reveló en voz baja: Rafael Pérez Pardo. Me pidió no repetir la información, pues aún no se había dado a conocer públicamente. A pesar de que yo creía que Pérez Pardo era más que merecedor de ese premio, sabía que la mayoría de los certámenes estaban amañados, que el jurado no decidía de manera autónoma, que quienes movían los hilos eran las agencias y las editoriales de siempre. Maia aseguró que en Madrigal era distinto; que su prestigio y credibilidad se debían a la seriedad en el proceso de evaluación, a la independencia de su criterio.

Yo conocía bien las novelas de Rafael Pérez Pardo. Había algo en ellas que me atravesaba y me envolvía. Estaban impregnadas de una densa melancolía; me conmovían sus reflexiones sobre la memoria perdida, los sucesos disueltos en el tiempo y rescatados en el recuerdo. Su forma de narrar era íntima, una mezcla de lo personal con lo histórico; los personajes parecían respirar, palpitar entre las hojas, y yo junto con ellos.

Leer a Pérez Pardo se sentía como habitar un sueño de la infancia.

Cuestioné a Maia sobre la tendencia de los premios a favorecer a autores hombres. No era algo que se ocultaba: los ganadores, al igual que los jurados, eran en su mayoría varones. Sabía que me estaba metiendo en terreno ajeno y peligroso. Le hablé de la responsabilidad de las editoriales en perpetuar esa desigualdad histórica. Maia me respondió evasiva, asegurando que Madrigal era una de las pocas empresas que reconocían esa deuda y que, en las últimas décadas, se habían implementado iniciativas importantes para visibilizar a las mujeres y equilibrar las oportunidades.

El camino para ser reconocida requería más que talento, exigía dedicación y disciplina, resistencia y estrategia. No era suficiente escribir bien; había que penetrar en los círculos adecuados, destacar en los espacios correctos, construir una carrera literaria con paciencia.

En esa larga época de reescritura me comprometí lo más que pude. Estuve apartada del resto del mundo, recluida en la novela. Trabajaba por las mañanas, lo justo para mantener una base económica más o menos estable. Durante las tardes, incluso hasta las noches y a veces madrugadas, fines de semana incluidos, me sumergía en *La triple ciencia*. Me entregué a ella casi por completo. No sé si fue disciplina, obsesión o ambas.

—Define en una frase el tema de tu novela, Eugènia —me demandó mi editora en una de las tantas reuniones en su oficina.

Le volví a contar a detalle de qué se trataba.

—No te pedí un resumen. Dime el tema, aunque sea con pocas palabras.

No supe contestar algo tan elemental sobre mi propio libro.

—A ver, chavala, escúchame. Es, primeramente, el amor. Luego la venganza y la traición. Tu novela también habla de la supervivencia de una pareja en medio de una élite política sin escrúpulos y de las calamidades que amar a alguien y la búsqueda del poder pueden desatar.

Maia tenía razón; ella parecía conocer mejor la novela que yo misma, la autora, quien se suponía que debía dominarla. En las sesiones de edición, su mano se movía de manera frenética sobre las hojas impresas. La pluma roja trazaba tachones, signos de interrogación, de admiración; dibujaba flechas en los párrafos que necesitaban trabajarse, círculos o cruces donde había que lograr más tensión o profundidad. Cada corrección me desmoronaba. Llegó a arrancar páginas enteras; las arrugaba con furia entre las manos y las lanzaba al cesto de basura. Yo intentaba esconder la humillación que sentía al ver los fragmentos de mi trabajo amontonarse entre pañuelos usados, envolturas y servilletas.

—No llenes por llenar, enfócate en lo importante —decía sin mirarme.

Me sentía una estudiante de primer semestre, expuesta por mi ignorancia, incapaz.

Maia tenía razón en todo.

—Los párrafos repetitivos y sin sustancia aburren al lector. Si a ti te parecen tediosos, imagínate a ellos. Tus ideas son muy interesantes, pero están flotando en el vacío.

Insistía en que no ponía atención en los detalles, que muchas piezas quedaban sueltas porque me faltaba organización a la hora de armar la historia. Era verdad: mi novela no tenía una estructura sólida.

Los capítulos, como mi propia vida, aparecían desordenados. La trama carecía de un hilo conductor y se tambaleaba. El ritmo no era consistente. Necesitaba encontrar una solución adecuada para darle sentido al doble dilema de mi existencia y de mi libro. Y no confiaba en poder hacerlo sola.

—¿Cuál es la motivación del asesino o asesina para matar a Camargo? Mientras no descubras eso, va a ser difícil que podamos seguir. Chavala, no entiendo cómo puedes escribir sin saber algo tan elemental…

—Camargo ha descubierto la relación entre la *madame* y Don Porfirio.

—No es un buen motivo, además es trillado. Díaz podría mandarlo matar con alguien en vez de ser él mismo el autor del crimen: un presidente afamado jamás se expondría de esa forma. Relee a Agatha

Christie, el libro que quieras, fíjate en las pistas —añadió desesperada.

Notó mi cara de frustración y tristeza. Me daban ganas de dejarlo todo, incluso sugerí que podía volver a empezar con algo distinto, que esa novela no servía. Las páginas mutiladas eran pedazos de mí misma. Era urgente reconstruirnos.

—Ven, cambiemos de aires. Voy a explicarte algunos puntos esenciales de la novela policiaca.

Salimos a la azotea de las oficinas, un espacio plano con un barandal. Las dos estábamos de pie, y el viento chocaba contra nosotras. Me revolvió el pelo y los pensamientos. Era una noche fresca. Maia encendió un cigarro, me lo pasó y prendió otro. Yo me sentía abrumada, evité a toda costa que las lágrimas brotaran.

—Una novela detectivesca tradicional debe tener un enigma. ¿Cuál es el tuyo? Ya lo sabemos, un homicidio, pero es necesario crear un suspenso y que haya una acción investigativa, con policías, agentes y todo eso. Tiene que haber varios sospechosos y un solo culpable. —Sonó más relajada.

Maia me confesó algo que nunca olvidaría: los *thrillers* y la vida real se parecen mucho, no obedecen a esquemas ni teorías. Hay que arriesgarse si se quiere algo que trascienda. Es necesario desobedecer al canon, desarrollar la creatividad, transgredir y crear otras realidades: situaciones que lleven al extremo no solo al lector, sino también al autor.

Hizo una pausa, se llevó el cigarro a los labios, inhaló despacio y exhaló una bocanada de humo que acarició mi cara.

—Para poder escribir sobre algo, lo que sea, hay que vivirlo. Atrévete, chavala.

Me tomó del brazo, me atrajo hacia ella con firmeza. Su cara y la mía quedaron a unos centímetros. Pude ver las luces de la ciudad reflejadas en sus ojos, debajo de la curva de las pestañas. Tal vez Maia esperaba una respuesta, pero yo no me moví ni hablé.

—Ánimo, Eugènia. Lo haremos juntas, tienes talento. Si titubeas, pierdes, ¿entiendes? Y óyeme bien: no dejes que la mano te tiemble al escribir —me soltó y se fue.

Me quedé sola y vulnerable en la azotea. Subí al muro y me senté en su estrecho borde, mis manos aferradas al concreto. Un relámpago iluminó todo por instantes, rasgó el paisaje. El sonido violento del trueno me hizo estremecer. Comenzó a lloviznar; las gotas y el viento pegaban la ropa a mi cuerpo. Me asomé al vacío. La iluminación intermitente de las casas, avenidas y edificios parecía decirme algo que no lograba entender. Desde las alturas, el murmullo de la ciudad y de la vida eran los cláxones impacientes de los coches, el lamento de una ambulancia, un avión que despegaba. Lo que pasaba allá abajo era otro universo, ajeno e indiferente al mío. Sentí vértigo. Náuseas. Un movimiento en falso y sería fatal. Me sujeté del borde con los dedos; tenía que mantener el equilibrio. Paralizada, mis ojos intentaban clavarse en un punto fijo, algo que me anclara y me hiciera sentir en tierra firme. Entre lágrimas, me invadía mi propio caos, la tortura de escribir, la imposibilidad de aplicar los consejos de Maia.

No había otra opción para mí salvo rendirme. Pero hasta en eso podía fracasar.

—Venga, regresa. Continuemos. —Escuché el llamado de Maia a la distancia.

Frente al vacío de la creación literaria me fascinaba la atracción hacia el abismo, hacia la posibilidad de la caída, hacia la nada. De pronto, el mundo tuvo más sentido desde las alturas.

–¡Enhorabuena, Eugènia! *Habemus* novela —exclamó Maia Arzate con voz enérgica, rasposa como los bordes de su personalidad. Sentada frente al escritorio, era evidente su ansiedad por fumar el Benson que giraba entre sus dedos. Lo manipulaba con destreza, con la urgencia de consumirlo en algún espacio exterior donde fuera permitido.

Un chorro de adrenalina me recorrió el cuerpo, un relámpago de euforia. Aquello que durante tanto tiempo había anhelado, por lo que había sacrificado noches de sueño, vertido lágrimas de desesperación, soportado decenas de reuniones con Maia finalmente se había materializado.

Mi ópera prima era una realidad.

Mi editora me pidió que tomara asiento a su lado, en la silla de su escritorio. Apenas cabíamos. El resplandor en la pantalla me iluminó la cara. Ahí estaba el archivo en PDF de *La triple ciencia*, pronto a imprimirse. En unas semanas iba a estar en las librerías; en la mesa de novedades descansarían tomos apilados; mi fotografía rondaría en las redes sociales, anunciando las próximas presentaciones y entrevistas. El tiraje, me informó Maia, sería de tres mil ejemplares, un buen número para una primera novela.

La decisión sobre el diseño de la portada la había tomado ella. Al centro, de espaldas, aparecían dos hombres vestidos de traje. En medio de ellos, una figura fantasmal y borrosa: la silueta de una mujer con un sombrero de la época, grande y con plumas. Era una ilustración sencilla, atractiva por la composición de los elementos. El título aparecía con letras blancas y debajo de este, mi nombre. El llamativo cintillo ofrecía al lector una frase de José Trueba, un importante novelista que había escrito sobre mí en un suplemento cultural. «Eugenia Cuevas, con una prosa fresca y cautivadora, revela los enigmas y contradicciones del gobierno de Porfirio Díaz a los ojos de su amante francesa, una mujer audaz y ambiciosa que desafía todo por alcanzar sus objetivos».

En la solapa, una breve semblanza sobre mi trayectoria acompañaba a una fotografía mía. La cuarta de forros la escribió Maia:

> El presidente Porfirio Díaz retoma el poder en 1884. Cinco años después, inaugura uno de los centros comerciales más importantes de Latinoamérica. Camargo, miembro del Partido Científico, ronda por los pasillos y se detiene a comprar un habano. Gastélum, el socio de este, persigue a una atractiva mujer francesa que esconde su identidad detrás de un sombrero. ¿Qué puede suceder cuando todos se encuentran a la misma hora, mas no en el mismo lugar? ¿En realidad existió una estabilidad y una paz porfiriana?
>
> Amor. Traición. Muerte. Un misterioso crimen y un triángulo amoroso ocurren en este periodo claroscuro de la historia de México. Desde una

perspectiva actual, Eugenia Cuevas, con maestría e innovación, expone los crímenes y vicios de las élites urbanas a finales del siglo XIX.

La impresión del libro era el siguiente paso. Al imaginarlo en mis manos, sentir su peso, olerlo y tocarlo, llegó a mí un inesperado golpe de miedo e inseguridad.

Recordé cuando Efrén me tomó esa fotografía, la de la solapa, aquella noche después de su exposición. Bebimos más de la cuenta, emocionados por vernos. Él llevaba su cámara, su «tercer ojo», como llamaba a su fiel Canon 35 mm. Al salir del restaurante, la noche oscura nos envolvió; la penumbra se interrumpía acaso por algunas luces callejeras. Caminábamos sin rumbo, sin prisa.

—Recárgate en esta pared. —Me tomó de la cintura, detuvo mis pasos.

Obedecí. El muro estaba fresco; contrastaba con la tibieza de la piel de mi espalda descubierta.

—No mires directo a la cámara. Muévete despacio. —Fue una orden que disfrazó de sugerencia.

Se apartó unos pasos. Los disparos del obturador comenzaron a resonar dentro y fuera de mí, con un ritmo imponente, como latidos acelerados. La tensión se acumulaba. Él, yo y la Canon, nuestra cómplice voyerista. El flash me cegaba por fracciones de segundo, demandándome que solo existiera para el lente.

—Abre los ojos.

La excitación se iba encendiendo; su frente y su pecho estaban cubiertos por un brillo húmedo; todo él parecía encenderse detrás de la cámara. Yo, frente a ella, me sentía igual.

—Suéltate el pelo.

En ese juego de poder, él ordenaba, yo obedecía. El deseo aumentaba. El frenético intercambio de luces y sombras creó una atmósfera que nos iba envolviendo en un erotismo espeso; en cada disparo me desnudaba sin quitarme la ropa; cada fotografía le permitía ver, más allá de la piel, algo en mí que solo él conocía y podía mirar a través del lente, exponiendo los fragmentos de mi intimidad. La calle se convirtió en escenario, la pared en telón de fondo. Efrén ejercía control no solo sobre mí, sino sobre la cámara: la sostenía con fuerza, la sincronizaba.

—Suficiente. Hemos terminado.

A los pocos días recibí un correo suyo. Había una imagen adjunta. Al verla, me encontré frente a mí misma y, por primera vez en mucho tiempo, me gusté. Mi pelo tenía una textura suave, brillaba, enmarcaba mis facciones. Mi cara, apenas inclinada, y los hombros relajados proyectaban una naturalidad genuina que no recordaba haber sentido en años. Hice *zoom* en mis ojos. En el izquierdo, vi algo que me perturbó. Ahí estaba él. En el reflejo diminuto de mi iris, la figura de Efrén aparecía invertida, atrapada: se había incrustado en mi mirada. Ya no éramos solo fotógrafo y modelo. Yo lo había capturado. Y él, sin saberlo, se había convertido en mi rehén.

Efrén, mi antiguo compañero de banca, de casa y de aventuras. Mi eterno enamorado, el que registró algo más que lo evidente. El retrato era en blanco y negro, como los contrastes de mi vida.

Por eso elegí esa fotografía para *La triple ciencia*.

Sonó el timbre de mi casa; Porfirio y yo dimos un salto. Él corrió a la puerta y comenzó a maullar desesperado, como si hubiera estado esperando a alguien. Su insistencia parecía premonitoria. Al abrir, vi a un mensajero; cargaba una caja de cartón con el logotipo de Madrigal impreso en negro, imponente. Sabía lo que contenía. Tomé el paquete. Pesaba, como si dentro hubiera algo vivo, que respiraba y palpitaba, con urgencia de salir. Respiré hondo. Quería hacer del tan esperado momento un ritual. Puse música. La voz de Johnny Cash, profunda e inconfundible, era ideal. Llevé la caja hasta la mesa. Saqué el cúter; el filo de la hoja brilló bajo la luz de la lámpara. Con un movimiento lento, deslicé el metal por los extremos cubiertos de cinta adhesiva. El sonido de los cortes fue seco. Mi pecho se aceleró. Porfirio aguardaba también, con los ojos fijos en la caja. Levanté las tapas con reverencia, acto que me dio acceso a lo que tanto esperaba. Ahí estaban mis libros. Mi novela. *La triple ciencia*. Como autora, me correspondía una veintena. Me encargaría de dejar un ejemplar en el buzón de la casa de Adrián: «Tuya, a pesar de todo». Les haría llegar uno a mis padres. A Susana, a Efrén. A Joseph, para que se acordara de mí.

Un torrente de vértigo me paralizó por segundos. ¿Y si al sostener un ejemplar se esfumaba? Tomé uno: era real. Mi nombre, mi foto, todo. Pesaba; la superficie era lisa. Lo abrí. Las hojas se desplegaron frente a mí como un abanico. El aroma a papel nuevo me estremeció. Pasé los dedos por los renglones; me detuve en algunos capítulos, en párrafos que recordaba haber escrito en la madrugada, en medio de la desesperación.

Entones, sentí un pinchazo agudo, fino, en medio de la yema del meñique. El borde de una de las afiladas páginas me había cortado. Una delgadísima línea roja apareció en mi piel, apenas visible. Algo en ese ardor me resultó placentero. Presioné la herida, deslicé el dedo sobre la primera página.

Firmé mi libro con mi propia sangre.

*La triple ciencia* me tomó tiempo, trajo frustraciones, dudas, incertidumbre. Y ahora, en el primer contacto, me había lastimado. Era un recordatorio de que escribir no era tan inofensivo como parecía. Podía herir, lastimar, abrir pequeños cortes en mi cuerpo y en la realidad.

Así es como debía ser.

Porque escribir duele.

Escribir es caminar entre las sombras, casi a ciegas. Se avanza a tientas, en terrenos desconocidos, sin saber si en el próximo paso habrá un desfiladero, arena movediza o una trampa. No hay luz, pero se escucha el silencio en la caverna, se tocan las grietas de los muros, se prueba la incertidumbre, se huele el miedo. Tropezamos con piedras, fantasmas, y cada palabra es un destello que apenas ilumina el camino.

Escribir es perderse, penetrar en lo oculto, explorar abismos sin mapas ni brújulas. Es atrapar todo aquello que se oculta en la oscuridad.

Le llamé a Maia de inmediato para compartirle la emoción de ver materializado el esfuerzo conjunto. Aunque contenta y satisfecha por la publicación, rechazó la propuesta que le hice de ir juntas a Las Camelias a celebrar.

—No echemos las campanas al vuelo, Eugènia, ni nos comamos la tarta antes de prender las velas. Yo creo que es un muy buen libro, pero los críticos como Domínguez y los lectores son los que tienen la última palabra.

Ese último comentario me puso a temblar.

—Ponte a escribir ya una segunda novela. Madrigal la espera.

Desperté al día siguiente después de festejar con Ángel, quien, a diferencia de Maia, sí aceptó la invitación. Tenía los párpados hinchados, la boca seca y un dolor de cabeza intenso que me punzaba en las sienes. La luz que se filtraba por los cristales de la sala hería mis ojos, lo que aumentaba mi malestar. Mi cuerpo pesaba el triple, como si la gravedad lo hubiera multiplicado. Parecía imposible que pudiera incorporarme. Las brumas de mi amnesia alcohólica solo dejaron una imagen: yo tumbada sobre el suelo, rodeada de mis libros abiertos, las páginas expuestas; la caja de Madrigal a un lado, vacía, y, sobre mí, Ángel. Todo él era impulso y fuerza, una respiración agitada mezclada con jadeos. Sus movimientos eran bruscos, casi violentos. Me aplastaba, me asfixiaba. Algo en su dominio me hacía rendirme, yo ya no era la que decidía. Mis caderas, sobre un par de tomos para elevar la pelvis, me lastimaban. No recordé más, pero mi cuerpo sí tenía memoria. Dolía. Y ese dolor no era solo físico.

Me levanté como pude; mis movimientos eran lentos y torpes. Porfirio me observaba desde una esquina, testigo mudo de mi humillación. Logré llegar al baño tambaleándome y, apenas me incliné sobre la taza, volví el estómago. Vacié mis entrañas, expulsé el asco de mi deplorable condición. Quise desaparecer, hundirme en la porcelana e irme por las tuberías junto con el vómito. Abrí el grifo del lavabo; tomé agua, pero el ardor en mi garganta apenas cedió. Alcé la vista y me encontré con mi reflejo. Era yo y no era yo. La misma nariz, la misma boca, los mismos ojos, pero como pozos vacíos; el pelo revuelto como una maraña de recuerdos imposibles de desenredar. Algo en mí había cambiado, algo parecía haberse desvanecido. Era una espectadora de mí misma en el túnel infinito de un espejo que distorsionaba mi figura. La mujer frente a mí gritó sin emitir sonido; sus labios se movieron al mismo tiempo que los míos. Ambas reconocimos el horror en nuestra expresión. Otra arcada me dobló, la bilis agria y amarillenta me raspó la tráquea: un rastro de la noche anterior, un último recordatorio de lo que quedaba en mí. Fue un festejo absurdo con la persona equivocada.

Fui a mi recámara, un lugar desolado, deshabitado. Sobre la cama, estaba el ejemplar de *La triple ciencia* que le había regalado a Ángel. No sé si siquiera leyó la dedicatoria en la primera página.

Me di una ducha para reanimarme. El agua refrescó mis ánimos; al tallarme con la esponja intentaba borrar algo que me molestaba y se adhería a mi piel. Mi mente recuperaba el control. Nada de lo que había sucedido era tan grave: bebí, tuve sexo con Ángel. Eso fue todo. Tenía que estar contenta y orgullosa por mi libro.

Salí a caminar. Con cada paso confirmaba que lo más difícil estaba por venir.

Semanas después acudí a la cita que tenía pendiente con Claudio Ramírez. Elegí un vestido negro de manga larga y escote pronunciado; me recogí el pelo en un chongo, me perfumé y me maquillé. Desde hacía tiempo no me arreglaba así, y la sensación fue agradable. El restaurante estaba en la planta alta de un lujoso hotel en la avenida Reforma. A la entrada, una mujer me llamó por mi nombre, como si hubiera estado esperándome, y me llevó hasta una mesa al fondo, donde Claudio ya estaba sentado. Habían pasado meses desde nuestro primer encuentro en casa de Maia, casi podría jurar que llevaba el mismo traje y la misma corbata de aquella vez. Se levantó para saludarme con cortesía, me dio un beso en la mejilla que duró un segundo más de lo necesario. Frente a mi asiento, una copa de vino me aguardaba.

—Brindemos por *La triple ciencia*. —Alzó la bebida.

Los cristales chocaron, y un mesero nos interrumpió

—La especialidad de la casa son *escargots au beurre* —dijo con un pésimo francés.

—No tengo mucho apetito... —respondí.

—Se nota que te cuidas —comentó Claudio.

Su comentario se sintió extraño, al igual que la plática que avanzaba con poca fluidez, un tanto forzada. Apenas toqué la comida, pero el vino me entró como agua.

—Esta semana estarás en todas las librerías, ya debes saberlo. Maia tuvo buen ojo contigo. No dudé en que sería un acierto tenerte en nuestro catálogo. —Se reclinó en el asiento.

Su elogio sonó a una propiedad bien calculada que me incomodó. Durante un rato hablamos de los personajes, del ambiente, de cómo había logrado el misterio y la intriga en mi novela. El interés por esos temas no me parecía tan genuino. Me preguntó cuándo había empezado a escribir; insistió en que le platicara sobre la trayectoria de mi vocación literaria. Armé una historia mucho más interesante que la real; le conté cómo desde temprana edad me gustaba leer, que escribía cuentos apenas aprendí a tomar el lápiz. No sé si me creyó, ni siquiera sé a qué le estaba poniendo más atención: a lo que yo le contaba o a mi escote. Miraba hacia otros lados o a su celular, lo que ya me estaba molestando. Le presumí que en la adolescencia escribí un relato corto que ganó un concurso.

—Tardé meses en terminarlo. Lo revisaba y corregía de una forma tan obsesiva que me llevó casi hasta la locura. Supuse que eso era la vocación literaria.

—¿De qué trata el cuento? —Sentí la caricia de uno de sus dedos en el dorso de mi mano.

—Habla sobre la fragilidad humana, de la piel, del peso de los pensamientos —intenté explicarle.

—¿Con que metida en el existencialismo juvenil? —Su comentario sonó a burla—. ¿Te siguen atrayendo los temas del cuerpo?

—Así es, aunque en *La triple ciencia*…

—Ya platicaremos sobre el asunto de la carne, del deseo —me interrumpió y le ordenó al mesero que trajera otra botella.

Luego de pagar la cuenta, me pidió que lo acompañara a ver a un traductor británico que estaba de paso en la ciudad. Me aseguró que era una buena oportunidad para hablarle de mi obra y de la posibilidad de una traducción al inglés.

Fuimos al bar del hotel, ambientado con luces cálidas y música suave. Nos sentamos en unas sillas altas junto a la barra. El lugar estaba casi vacío, solo había una pareja de extranjeros en una mesa apartada. Claudio pidió dos tragos.

—Vuelvo en unos minutos —me dijo al oído.

Lo vi dirigirse a la recepción, donde un empleado le entregó una llave. Confirmé lo que ya sospechaba: el traductor no existía.

La habitación era moderna, funcional. Desde esa perspectiva y a través de los grandes ventanales, se extendía la ciudad a punto de anochecer. Las luces de los otros edificios y casas empezaban a encenderse. Todo en el cuarto estaba dispuesto con una intención muy evidente: sobre una mesa, una cubeta repleta de hielos sostenía una botella de champaña Möet & Chandon; a un lado, un plato con fresas y quesos que ni siquiera probé. Nos sentamos en un sofá frente a la vista panorámica. Brindamos de nuevo, esta vez sin decir por qué motivo. Pronto, las burbujas se me subieron a la cabeza y desataron aún más mis ambiciones. No quise cuestionarme nada. Sentirlo sobre y dentro de mí y tolerar su aliento a alcohol tenía que servir de algo.

—¿Crees que mi novela pueda publicarse en España? —le pregunté con fingida ingenuidad, todavía en la cama, después de terminar.

Acaricié su pecho cubierto por vellos tan grises como crespos.

—No te prometo nada, pero haré lo posible —respondió, acariciándome la mejilla.

Antes de irse, Claudio me invitó a quedarme a pasar la noche en la habitación: ya estaba pagada. Podía ordenar lo que quisiera de cenar. Me hubiera gustado terminarme la champaña hasta sentir el cuerpo pesado, hundirme en el *jacuzzi* por horas y luego dormir profundamente entre las finas sábanas y el tibio edredón; me imaginaba a un botones llamando a la puerta en la mañana, con una bandeja llena de manjares que esta vez sí comería. Pero al cerrar los ojos me venía la imagen de Claudio penetrándome, sin besarme, mirando hacia todos lados menos a mí. Y yo intentando convencerme de lo mucho que me beneficiaría este encuentro. O al contrario. Tal vez haberme acostado con Claudio solo pondría en riesgo mi carrera y mi reputación.

No sé si llamarlo acto de magia, buena suerte o el resultado del trabajo, pero en cuestión de semanas *La triple ciencia* circulaba por todo el país, recibía reseñas favorables y entusiastas. Incluso críticos como Francisco Domínguez, a quien yo más respetaba, me elogiaban como debutante.

Los medios me anunciaron como la voz prometedora de mi generación y, sin darme cuenta, en días de vértigo y euforia, se vendieron cientos de ejemplares. Fue un campanazo para Maia y para mí: ella se consolidaba en Madrigal y yo, Eugenia Cuevas, empezaba a descollar en la república de las letras. Aparecí en la radio, en la televisión; di entrevistas a periódicos y revistas. Fueron semanas agitadas, llenas de emoción y agotamiento.

Maia, siempre pragmática, me ponía los pies en la tierra.

—No creas todo lo malo que dicen de ti o de tus novelas, pero tampoco lo bueno.

Tenía razón.

Verme en los medios de comunicación, escuchar mi nombre, leer sobre mi novela me producía una extrañeza indescriptible, como si aquella mujer de la que hablaran fuera otra. A veces me preguntaba si era yo, Maia o alguna mano invisible que dirigía los engranajes de una enorme maquinaria llamada Madrigal.

Deseché esos pensamientos existenciales y me enfoqué en lo importante: aprovechar el momento y seguir con el compás frenético de la promoción de mi novela.

Ir como autora a La Feria del Libro de Guadalajara siempre había sido un sueño. Ahora, Madrigal pagaba mi boleto de avión, la estancia en un buen hotel y los viáticos. Eso era una muestra concreta, una prueba de que mi carrera iba en serio. Al día siguiente de mi llegada, presenté *La triple ciencia* y, aunque la sala no era de las más grandes, se llenó. Pero no exactamente por mí. Maia, con su visión estratégica, había conseguido que Rafael Pérez Pardo presentara mi libro. Su presencia era el verdadero acontecimiento, tenía un peso innegable. Su última novela, ganadora del reciente premio Madrigal, estaba siendo una de las más vendidas en la historia de la editorial. Compartir escenario con él representaba todo para mí.

Era un hombre sencillo, amable; lo sentí cercano desde el primer instante. Lo conocí apenas minutos antes de la presentación. Su mirada destilaba inteligencia, esa clase de carácter que no solo comprende la literatura, sino el mundo. Tenía ojos profundos y claros, llenos de historias; el pelo gris con un destello blanco en el copete le daba un estilo elegante. Cuando me saludó, lo hizo con la calidez de alguien a quien conoces desde siempre.

—¿Estás lista? —preguntó.

—Creo que no... —tartamudeé.

—Hoy la estrella eres tú, no yo. Recuerdo mi primera vez, estaba igual o peor de nervioso que tú.

Sus palabras me tranquilizaron. Disipaban mi miedo.

—Olvídate del público. Imagina que estamos tú y yo tomando un vodka, charlando sobre *La triple ciencia*. Al rato te invito uno —añadió y me guiñó un ojo.

—Venga, vamos a divertirnos.

Gracias a Rafael Pérez Pardo, todo pareció más fácil.

La presentación fue un éxito y los aplausos quedaron resonando en mis oídos. Rafael habló de mi libro con tal elocuencia que lo hizo sonar mejor de lo que era.

—Ficción y realidad. Todo puede ocurrir de uno y de otro lado de la frontera. Eugenia, con esta novela te atreviste a cruzar los bordes —expresó Rafael, consciente de que atraía al público.

La audiencia parecía hipnotizada, lo escuchaban con la misma admiración con la que yo lo hacía.

El presentador era mi cómplice, como si conociera mis inseguridades y mis fortalezas, sabía con exactitud qué debía opacar y qué debía resaltar en mí. Me hizo sentir cómoda, imprescindible en el evento. Logramos una conexión especial, nuestras voces se entrelazaban de una forma increíblemente genuina, parecía que hubiéramos ensayado la presentación cientos de veces. No nos interrumpíamos; creamos un diálogo fluido e interesante. Hubo momentos de reflexión, de crítica, y respondimos a todas las preguntas con confianza, compartiendo un mismo código.

Maia estaba entre los asistentes, sonriendo con una expresión satisfecha. La vi salir apresurada. Más tarde supe que se había ido a ver la presentación de Zara Castell, que se estaba llevando a cabo casi a la misma hora que la mía.

Al final, en la sesión de firmas, nos capturaron en varias fotografías. Confieso que hacíamos muy buena pareja. El olor de su piel madura se quedó impregnado en mi memoria por días. Al igual que sus palabras.

Rafael Pérez Pardo cumplió su promesa: nos tomamos los vodkas. Hablamos por horas, éramos como unos viejos amigos que se reencontraban después de una eternidad. Las horas pasaban volando, la plática no tenía fin. En algún momento, le mostré en mi celular una de las fotografías que nos habían tomado juntos. Yo aparecía con el pelo en movimiento, girando la cabeza, a punto de decir algo, mientras que él, en cambio, sonreía relajado, con la serenidad de alguien que no tiene prisa y disfruta el presente.

—Pareces una actriz decepcionada de la vida y que ha ingerido una sustancia tóxica —bromeó.

—Y tú un *bon vivant* que disfruta sin cansancio los placeres de la vida. Hedonista y sofisticado.

La complicidad entre Rafael y yo fue la mejor parte de la noche.

Estaba interesado en mis planes a futuro, me preguntó por lo que pensaba escribir a continuación. Sabía que después de la primera novela las expectativas podían volverse una verdadera carga. Le confesé que no tenía idea de lo que quería hacer.

—Sigue escribiendo. Con calma pero sin pausa. Y algo más: nunca pierdas el humor —dijo al despedirse.

Esa noche de vodkas con Pérez Pardo fue un oasis en medio del caos de la Feria. Y creo que me enamoré de él. En secreto.

Asistí a muchos otros eventos literarios donde hice muy buenas relaciones con importantes personajes del medio: periodistas, directores de otras editoriales, académicos, invitados especiales.

Claudio Ramírez asistió a la FIL, por supuesto. Apenas y nos saludamos, de forma muy protocolar, frente a los demás.

El resto fueron borracheras, encuentros con intelectuales y sexo con amigos de ocasión.

Probé las mieles de ser una autora que había vendido más que bien. Fueron tiempos agitados, emocionantes, pero la efervescencia de mi novela bajó igual de rápido que como había ascendido. El público lector es despiadado, olvida con facilidad y se desplaza a otros autores. Comprendí que así es la vida editorial: intensa pero transitoria y, como algunos libros, destinada a las esquinas de un polvoriento almacén.

—¿Ya estás trabajando en algún nuevo proyecto? Querida, no puedes dormirte en tus laureles —me advirtió Maia, con esa mezcla de amabilidad y exigencia que sabía manejar como nadie.

Todavía sentía en mi cuerpo la resaca acumulada de meses enteros de celebración y desvelo. ¿Un libro nuevo? Ni siquiera sabía qué iba a hacer la próxima semana, mucho menos pensar en una historia que valiera la pena contar.

Tomé dos malas decisiones: renunciar a mi trabajo y tomar unas vacaciones de dos meses en París. Estaba convencida de que merecía ese paréntesis después de tanto trabajo. Tenía dinero, tiempo, y creía firmemente que el viaje sería una experiencia llena de inspiración para mi siguiente proyecto. Regresaría renovada. Me visualizaba paseando por los Campos Elíseos, recorriendo el trayecto desde la plaza de la Concordia hasta el majestuoso Arco del Triunfo. Me sentaría a diario en la misma mesita del Café de Flore, en el corazón de Saint-Germaine, absorta en la lectura y anotando en una libreta cada destello de la Ciudad de la Luz. París, un lienzo literario, testigo de tantas historias y leyendas para derramar en cada renglón de una libreta. Sonaría el compás de un violinista bajo los antiguos puentes, el repique solemne de las iglesias, el murmullo de las conversaciones en francés, el traqueteo del metro, el suave fluir del río Sena.

Alquilé una habitación en una casa de huéspedes, en una zona bohemia cerca de Montmartre. El espacio era pequeño, ideal; el suelo de madera desgastada crujía con cada uno de mis pasos. Por la ventana penetraba el olor a castañas tostadas, el humo penetrante del cigarro, el sutil perfume de las flores, las luces ámbar al anochecer, y yo vibraba de emoción en ese ambiente. En compañía de una cama individual, un pequeño escritorio y una silla, empezaría a esbozar las primeras líneas de mi segunda novela.

Decidí vivir sin reglas ni horarios preestablecidos, permitiendo que cada día se escribiera sin un plan previo, de forma espontánea, regida por los impulsos de mi corazón y de mi cuerpo. Me despertaba a la hora que fuera, mi vitalidad dictaba el inicio de una nueva jornada. Salía a respirar y a caminar hacia donde mis pasos me llevaran: callejones, avenidas, *rues*, *boulevards*. Comía cuando tenía hambre, el aroma del pan recién horneado me llevaba hacia alguna *boulangerie*; bebía vino cada vez que el anhelo del sabor a uva de algún viñedo francés me llamaba. En cada pausa, abría mi libreta y plasmaba mis impresiones del paisaje, de la gente, de mí misma. Recorrí los distintos barrios observando a los parisinos en su andar cotidiano, en sus conversaciones, en sus gestos, incluso en sus silencios. Una mañana, mientras paseaba por Le Marais, me detuve frente a una librería de segunda mano. El aroma a papel viejo desató mis fantasías e imaginé algún día encontrar entre esos tomos la edición francesa de mis libros.

Tras unas semanas de contemplación intensa, llamé a Susana. Llevaba meses viviendo a las afueras de la ciudad. Su invitación a quedarme con ella me puso feliz y, de repente, París se transformó en una fiesta, *oh, lá, lá*, de libertad y redescubrimiento. Fue emocionante verla después de tanto tiempo. Sus uñas seguían largas y rojas, fumaba más que antes, su sonrisa permanecía intacta. Los primeros días hubo anécdotas, confidencias, un recuento alrededor de nuestras últimas historias, de todo lo vivido y experimentado después de haber dejado el búnker. Bebimos vino sin cansancio, escuchamos a Édith Piaf y a Carla Bruni, reímos a carcajadas, evocando con nostalgia aquellas épocas doradas de Los últimos románticos que jamás volverían. Me contó con detalles de su larga estancia en Japón, de las parejas que allí dejó, de cuando quiso ser geisha y aprender las artes amatorias del Oriente. Yo la escuchaba atenta y fascinada.

Un atardecer subimos juntas a la rueda de la fortuna de la plaza de la Concordia. Desde el punto más alto, París se desplegaba ante nosotras con un tapiz de colores increíbles que nos maravillaron. El viento nos revolvía el pelo, el sol dorado nos iluminaba; parecía que, por un instante, íbamos a alcanzar las nubes. Tomamos una polaroid: dos amigas de antaño sonriendo. Se la mandamos a Efrén por el celular.

—Estás idéntica, Eugenia, aunque hay algo en tu mirada que se me escapa —dijo Susana, con una expresión enigmática.

—*Je suis celle que j´étais, celle que je suis, et qui sait qui je serai* –respondí muy seria, y luego estallamos en una carcajada.

Los días y las noches parecían no terminar nunca, en esa celebración por poder estar juntas de nuevo. Caminábamos hasta la madrugada: el tiempo y el cansancio no existían. Recorríamos los bulevares, íbamos al cine, descubríamos bares escondidos, donde nos entregábamos al ajenjo, ese elíxir que nos convertía, por momentos, en poetas malditas del siglo XXI. Nos reinventábamos ante las personas que conocíamos: nos cambiábamos de nombre; un día éramos hermanas, al siguiente amantes, luego millonarias conociendo el mundo o extranjeras que huían de su destino. Entre nosotras no había máscaras ni prejuicios. Fuimos las almas errantes y rebeldes que siempre quisimos ser, en contra de las rutinas y las convenciones. Así se nos pasaron las semanas.

La última noche cenamos en una terraza bajo el cielo estrellado de París. Brindamos por la promesa de un futuro reencuentro.

—Efrén vendrá a visitarme en unos meses.

Sonó a manera de confesión.

—Lástima que no voy a estar yo —contesté triste de verdad por no poder estar con ellos.

Quise pasar el último día sola para despedirme de París. Fui a Notre Dame a la mañana siguiente. Frente a la fachada gótica, las lágrimas empezaron a acumularse en mis ojos para pronto desbordarse en emociones contenidas. Me detuve ante los vitrales milenarios, contemplando los mosaicos de colores intensos y brillantes. Su belleza contrastaba con la sombra gélida de la incertidumbre que empezaba a invadirme después de la euforia de las semanas anteriores. Ese refugio sagrado no me confortaba; me abrumó aún más un sentimiento de desolación que no comprendía.

De pronto, París ya no fue una fiesta.

Dicen que un lector tarda menos de un minuto en decidir si un libro le interesa o si va a abandonarlo. No sé qué escritor famoso hizo este cálculo o en qué taller literario se midió el tiempo exacto, pero es cierto. Lo he comprobado con cronómetro en mano. Y no me da ningún remordimiento dejar la novela a un lado.

Si la historia no atrapa, seguir con la lectura se convierte en un martirio innecesario. Es como quedarte en una relación que no convence para ver si mejora con el tiempo. Es igual a ver un atardecer que no te encienda las pupilas, besar a alguien sin cerrar los ojos, comer sin condimento, escuchar una canción sin los acordes del bajo. Ver una película sin escenas de sexo o una serie de terror de quince temporadas sin sangre ni violencia. Leer sin interés es como dormir sin soñar.

Volví a México directamente a la computadora. Pensé en relatar la historia de mi viaje, pero tenía claro que las experiencias en París no fueron tan interesantes como yo hubiera querido, nada realmente excepcional ni que pudiera exagerar para volverlas atractivas.

De mi libreta de viaje solo pude rescatar párrafos aislados que intenté reordenar sin éxito. Sabía que el bloqueo era temporal, y, aún tenía esperanzas de retomar el impulso. No sabía qué tipo de libro quería escribir ni tenía visualizada alguna trama. La idea de que fuera una secuela de *La triple ciencia* quedaba descartada. Nunca me gustaron las segundas partes.

Me enfoqué en el principio de la narración. Traté varias veces de idear un buen comienzo, ninguno funcionaba. Tenía que plantear algo interesante que le sucediera a alguien, situándolo en el tiempo y en el espacio. Me fijé en los inicios de las novelas que más me gustaban y los analicé. ¿Cómo estaban construidos? ¿Por qué funcionaban bien? ¿Cuáles eran sus recursos? No me estaba siendo fácil. Me obligué a escribir tres cuartillas como mínimo por día, y aunque parecía sencillo, el resultado no fue el esperado. Confieso que recurrí a los penosos libros que te ofrecen temas sobre los cuales escribir: «El riesgo más grande que has tomado». «El mayor miedo de la infancia». «La llamada telefónica más difícil que has hecho». «Ampliar una noticia del periódico». «Narrar la primera experiencia de algo». «Un personaje que no puede escribir un libro», como yo. Traté por el lado erótico, ya que eso siempre atrae. Recreé mis propias vivencias, me salían frases burdas u obscenas que sabía que no iban a provocar ninguna excitación en los lectores. No estaba cerca de lograr literatura pornográfica como la que había tenido popularidad en los últimos años y vendido miles de ejemplares, sin importar la calidad literaria y los cincuenta tonos grises de la narración. ¿Cómo describir los placeres carnales? ¿Cómo explicar qué es el deseo? Releí algunas obras de Anaïs Nin, Henry Miller, Pauline Réage, George Bataille. Todos, por supuesto, muy fuera del alcance de mi pluma y experiencias personales.

Me fui por la ciencia ficción, definitivamente no tenía idea de los avances científicos ni tecnológicos de ningún tipo. Carecía de imaginación para explorar el futuro, universos alternativos, imposible para mí hablar sobre robots, viajes espaciales, genética, realidades virtuales o inteligencia artificial. Mi mundo era infeliz. ¿Novelas románticas? Para nada. ¿En qué radicó el éxito de mi libro anterior? ¿Qué tanto tuvo que ver mi editora? No era que *La triple ciencia* hubiera sido un libro escrito a cuatro manos, pero Maia tuvo mucha influencia sobre mí.

No quería buscar a Maia hasta tener algo que entregarle, como le había prometido.

Desesperada, traté de hablar con Claudio Ramírez para que me diera algunas recomendaciones. Su asistente me decía que estaba en una junta o que había salido de viaje, que se comunicaría más tarde conmigo. Ese momento no llegaba. Mi dignidad no me permitió insistir más.

Busqué a Rafael Pérez Pardo. Me informaron que se encontraba fuera de la ciudad y que volvería dentro de un par de meses. Mis esperanzas se destrozaron. No me interesaba que me diera consejos sobre escritura. Yo lo único que quería era que me abrazara.

Quedé con Ángel para vernos en un bar. Al entrar, después de pagar una modesta cuota, nos fuimos directo a la barra.

—¿Lo de siempre, Angelito? —le preguntó el hombre tras la barra.

Le sirvió un tequila y a mí lo mismo, sin preguntarme si eso era lo que yo quería beber. El lugar estaba a media luz y la música era pop en español, de bastante mal gusto. Me molestaban los oídos. Intenté decirle a Ángel que nos moviéramos hacia otra mesa; no me escuchó. Grandes pantallas de plasma en la pared transmitían una fiesta en la playa con cuerpos masculinos semidesnudos paseándose por el área de la alberca de un lujoso hotel.

Empecé a sentirme mal, me dolía la cabeza; caminé en medio de la gente para dirigirme al sanitario. A pesar de que en el lugar había, como máximo, cinco mujeres, el baño era mixto. Era un pasillo poco iluminado que olía a desinfectante. Mi vejiga se alivió y permanecí unos minutos sentada en la taza: me sentía mareada. A mi regreso, le sugerí a Ángel que nos fuéramos de ahí, pero lo que hizo fue pedir más tequilas.

—¿Ya va a salir tu nuevo librito? —se dirigió a mí sin dejar de ver la pantalla frente a él.

—Bueno, en eso ando —titubeé.

—¿Cómo se llama el anterior? ¿La doble qué?

Me fui sin despedirme. Llegué a casa caminando. Estaba tan cansada que dormí por un día entero. En una mañana nublada, me desperté por el ruido del viento y los desesperados maullidos de Porfirio, que exigía alimento. Frente al clima, tan propicio para la creatividad, según dicen, abrí la computadora. Me asomé por la ventana. El cielo gris, la calle vacía. Yo, acompañada de una tremenda desolación sobre la que me puse a escribir.

Palabra tras palabra fui formando párrafos que luego hilaba; ordené las ideas y los capítulos; visualicé a los personajes y, con mucho esfuerzo, encontré una trama que por fin funcionaba. La novela terminada me gustó a medias, y así fue como se la envié a Maia Arzate. Esta vez no supe de ella en varias semanas, hasta que me pidió presentarme en Madrigal.

Ocurrió lo que presentía: un dictamen negativo. Le pedí a Maia que por favor me enviara los argumentos: podrían servirme para ver dónde radicaban mis errores. Aunque eso no estaba permitido, ella me mostró un fragmento que terminó por desmoronarme: «La narración en primera persona se convierte en un monólogo plano. La historia es débil; aunque la autora quiere innovar, solo plantea el tema central como pivote y no lo desarrolla. Los diálogos, casi inexistentes, son pobres y grises. La novela está llena de clichés y lugares comunes».

Me sentía frustrada, a pesar de que Maia me convenció de que los dictámenes no eran la última palabra. Me hizo varios señalamientos para que modificara el texto y lo mejorara, tomando en cuenta algunos de los comentarios que el dictaminador me había señalado. Hice todo lo que me sugirió; revisé mi novela una y otra vez hasta que ambas creímos que estaba lista para otra oportunidad. Gracias a la intervención de Maia, mi segundo libro fue publicado.

Sucedió lo que tanto temía: yo representaba en carne propia la típica historia del escritor que no pudo superar el relativo éxito de una primera novela.

Sin darme cuenta entonces, pero visto hoy con una claridad brutal, fue evidente que hice autoplagio. Y mal.

Las estrategias de *La triple ciencia* llegaron deslavadas, como una sombra de lo que una vez me funcionó. Aunque los personajes estaban bien logrados y la redacción era impecable, los lectores me acusaron de repetitiva. Venta neta: cuatrocientos ejemplares. Mi estado de ánimo: por los suelos. ¿Mi editora? No lo sé. La comunicación se redujo a escuetos correos electrónicos con malas noticias y silencios que cada vez se hacían más largos e incómodos.

Los elementos que conformaron lo que yo llamé «mi caída» sucedieron en un abrir y cerrar de ojos. Decepcioné a mi editora, a mis lectores, a Madrigal. A mí misma. Domínguez me hizo pedazos en una de sus columnas semanales en *El Occidental*. «Predecible, vacía, intrascendente. Un descolorido eco de su debut». La misma persona que me había elogiado antes, ahora me aniquilaba sin piedad.

Mi descenso, si es que alguna vez estuve en alguna parte de la cima, iba en picada. Y no sabía cómo frenar la caída.

En esos días de desesperación, perdí completamente la vista del ojo izquierdo. El proceso debió de haber sido paulatino, pero yo, atrapada en mi ensimismamiento, no lo percibí hasta que la ceguera fue un hecho consumado. Fue en la terraza, en un atardecer teñido de rojo, cuando lo supe. El sol, un círculo perfecto, estaba por caer, y una ráfaga de viento alborotó polvo y hojas. Me tallé los párpados, intentando disipar la sensación extraña que invadía mi visión. El mundo frente a mí se convirtió en una masa de colores desdibujados, sin forma ni contorno. Cerré los ojos. Los abrí. Pensé que era algo transitorio, un espejismo pasajero. De repente, sentí un piquete agudo en el ojo izquierdo, una punzada precisa en el centro, algo invisible o tan fino como un alfiler. Lo cubrí con la mano de forma automática. Abrí el derecho. Pude ver con nitidez: las manchas verdes eran árboles; el cielo, un telón azul con nubes delineadas. Pero al tapar el ojo sano y dejar abierto el perjudicado, lo único que encontré fue un abismo. Un vacío oscuro. La nada.

La visita al oftalmólogo confirmó lo que mi cuerpo ya sabía, mi sentencia definitiva. El médico me recalcó que, si me hubiera atendido antes, el pronóstico habría sido un poco más favorable. Ahora el daño era irreversible. En poco tiempo, la visión del ojo izquierdo se extinguiría por completo. Aunque la ciencia había avanzado desde aquel primer diagnóstico que me dieron cuando era niña, no había cirugía ni tratamiento posible que lograra revertirlo.

Desolada, regresé a casa, intentando asimilar la pérdida. Entendí que, aunque el ojo derecho permanecería intacto, mi percepción del mundo nunca volvería a ser igual. Mi mirada quedaría dividida en dos mitades inconexas, sesgada, parcial. Ahora, el campo visual periférico del lado izquierdo se perdería totalmente. Con un solo ojo, la profundidad de las cosas y las dimensiones serían inciertas; las distancias, un enigma a descifrar. Todo iba a requerir un esfuerzo adicional. Lo que antes era un reflejo instintivo ahora demandaría un esfuerzo consciente: subir o bajar escaleras, alcanzar un objeto, medir la cercanía de los cuerpos. No iba a tener un equilibrio adecuado. Mi percepción estaría fragmentada. Mutilada.

Una duda palpitó en mis más profundas inseguridades: ¿mi forma de ver la realidad, por lo tanto de escribir, cambiaría también? Con la mirada partida, ¿le daría otro sentido a mi narrativa, sería más limitada o, paradójicamente, más rica? Solo tenía una certeza: aprendería a ver, a leer, a vivir con un solo ojo y con un parche.

Estoy en la cama. Tiemblo. Un trago de whisky desciende quemando mi garganta, pero no calienta este frío que llevo por dentro. Me acuesto boca arriba, los ojos entreabiertos, apenas conscientes de la luz opaca que se filtra por la ventana. No quiero pensar ni estar aquí. Solo dormir. Detenerlo todo. He decidido terminar con esto. No tiene sentido seguir. Todo está gris, tan gris como allá afuera, donde la lluvia golpea sin tregua al mundo. Mi cuerpo pesa como si el tiempo lo hubiera moldeado en piedra: una estatua sobre este lecho que se convierte en tumba. Hace frío. No sé si son las sábanas las que me cubren o si es este letargo que me consume y ahoga. Estoy enterrada en el jardín de la infancia donde alguna vez corrí sobre el pasto que ahora solo existe en los rincones de mi memoria. Me veo adolescente en el bosque oscuro, impenetrable, lleno de secretos que jamás tuve el valor de desenterrar. Y aquí estoy ahora, en el páramo de la adultez, sin caminos, sin horizonte. No quiero levantarme. No puedo salir a la tibieza de esa primavera prometida que parece pertenecerles a otros, nunca a mí. Tiemblo. Siento demasiado o dejo de sentir por completo. ¿Es esto el vacío? ¿O es una plenitud insoportable, un cúmulo de emociones que no sé nombrar? El pasado, el presente y los nuncas de mis siempres se mezclan en un caos indescriptible. ¿Qué es el tiempo sino una herida que se niega a cerrar? Un párpado vencido. El otro se resiste, quiere prolongar un instante que no tiene sentido. Pronto caerá también. El techo es mi único cielo; la pared, un horizonte que se desdibuja. Me escondo en la mismidad, refugio inútil. Las sábanas me envuelven, no como un abrazo, sino como un sudario. Morir o pausar, ¿acaso no son la misma cosa? Desaparecer es solo una forma de purificación.

La garganta se cierra, un nudo gordiano que nadie podrá deshacer. Trato de tragar las pastillas; el cuerpo no responde.

Saliva espesa.

Sudor frío.

Sin lágrimas.

El humo de un cigarro invisible llena mi mente. Maia, en algún rincón del recuerdo, fuma en silencio, con los ojos fijos en un punto muerto. Me asfixia, se enrosca en mi cabeza como una serpiente. Veo una figura al fondo: lápiz en mano, trazo algo en el aire. No escribo, lo clavo en las palmas de mis manos, dejo marcas indelebles. El eco de una voz es palabra infinita. La misma serpiente se enrosca en mis entrañas, devorando el vientre. Sus escamas son hojas, páginas de un cuaderno que lleva mi nombre. Las letras se desfiguran, se transforman en ondas y picos ininteligibles. Susana, su risa rota y sus uñas ensangrentadas; Efrén, sus ojos vacíos. La pared frente a mí respira, cubierta de relojes que marcan horas del tiempo. Y la ciudad afuera, gris y en ruinas, refleja el caos donde soy. Las mandíbulas se contraen. Un dolor sordo recorre mi cuerpo, mi cuerpo ya no mío. La lluvia cae, un lamento persistente que acompaña mi respiración cada vez más lenta. Me pierdo en el destello, trayecto hacia algo más.

Recuerdo un falso verano en la playa; el calor del sol sobre mi piel. Corro descalza por calles empedradas; risas ahogadas en muros de cal. Un llanto, el peso de algo que creí insoportable. Boca amarga. Náuseas. Los labios tiemblan, prontos a quedar inmóviles. Ya no hay dolor físico, solo pensamiento; un cuchillo afilado corta cada fragmento de mí. Un gemido escapa, grito y susurro, canto y alarido. Mis piernas no me pertenecen. Brazos inertes. No sé si ya no soy yo o si lo soy más que nunca. ¿Qué significa ser cuando todo se desmorona? El teléfono suena a lo lejos, un sonido insistente que no logro acallar. Porfirio y su lengua áspera son lo único tangible en este momento. Inmóvil. Soy carne atrapada en piel. Un aullido. ¿Es mío? ¿Del gato? ¿Del viento? Un calambre atraviesa mi torso. Quiero caminar nuevamente por la playa, sentir el agua fría en mis pies. Quiero perderme en una ciudad extraña, entre rostros desconocidos. Un día más. ¿O un día menos? Mi pulso late débil, tambaleante.

¿Quién me sostiene la mano?

¿Quién me deja caer?

Soy ajena a todo, incluso a mí misma. Lo único cierto es este latido cada vez más tenue, apagándose en mi pecho. El teléfono sigue sonando. Porfirio maúlla. Las sábanas levitan, y yo, debajo, me desvanezco. Alguien toca la puerta.

Un último estertor rasga la vida.

# Dos

El teléfono había sonado una, dos, tres veces, antes de que lo atendiera. Cada timbre se colaba en mis oídos como una aguja y alteraba mis nervios ya desgastados. Un último ring perforó el estado de sopor en el que me encontraba, letargo físico, mental. El cuerpo cansado, la cabeza adolorida; cólicos me punzaban el vientre. Ni siquiera me molesté en ver la pantalla. Con esfuerzo, enfoqué la vista con el único ojo capaz de mirar bien. Todo seguía ahí, igual de desordenado. Libros, revistas, hojas impresas apiladas y con tachones, lápices y plumas entre vasos y ceniceros. La ventana, apenas abierta, dejaba entrar ráfagas de los sonidos familiares de mi calle. El motor de un camión, una moto acelerando en la esquina, cláxones impacientes, voces dispersas de los vecinos, el canto ocasional de los pájaros: ruidos de fondo, tan cotidianos que solía ignorarlos, pero en ese momento se amplificaron. Y por encima de todo, me sofocaba un calor infernal. Sudaba por debajo de las axilas, los costados, el pecho, la nuca. El aparato insistió. Contesté, finalmente, con un monosílabo desganado.

—¡Eugènia!

La voz de Maia pronunció mi nombre con su inconfundible acento catalán, arrastrando las letras como si las masticara. Recordé su forma de hablar, con la lengua entre los dientes, enfatizando ese ceceo que siempre me había parecido calculado. Hacía casi dos años que no sabía nada de mi editora. Ahora estaba al teléfono, saludándome como si nada, como si el tiempo no hubiera pasado.

—¡Hola, querida!

Odiaba que me llamara *querida*, tan impersonal, tan hueco y vacío, distante, un formalismo barato. Después, vino la pregunta inevitable, fórmula automática: «¿Cómo estás?», enseguida de un «¿Qué es de tu vida?». Mi vida. ¿Qué era de mi vida? La crudeza de la pregunta me pareció chocante, como si ella no supiera la respuesta. ¿Cómo contarle que he estado mal, muy mal, que llevo semanas sin dormir, que las noches son un desfile de insomnios interminables, de pensamientos catastróficos? ¿Cómo explicarle que estoy colapsada, atrapada en un ciclo de frustración, que sigo enfrentándome a las peores crisis? Que mi mente no ha borrado lo que pasó, que es una sombra que no se va; que reflexiono a diario, obsesivamente, sobre lo que debería haber sido y no fui. Que ese pensamiento recurrente me ha robado la paz. Maia lo sabía. Claro que lo sabía.

La saludé sin mostrar el mismo falso entusiasmo que yo percibí de ella.

—Quiero hablar contigo. Hoy mismo.

Fue directa, sin evasivas.

Acepté.

En ese momento entró un ligero viento por la ventana que me despabiló. Me dirigí a la cocina, directo al congelador. Al abrirlo, me refresqué con el vapor que emanó del interior. Tomé un hielo, me lo pasé por las mejillas y la frente; me sentía hinchada y el frío me alivió. Tomé una botella de agua, vertí un poco en el plato de Porfirio; pasó a mi lado, sigiloso, siempre exigiendo que le acariciara el lomo. Bebí sin lograr calmar la sed de la resaca ni tampoco mi apatía. Me punzaban las sienes, una bestia habitaba dentro de mi cabeza, deambulaba por el laberinto de mi cerebro donde se encontraba presa. Fui al balcón, tomé asiento en la Acapulco ya descolorida por la intemperie. A un lado de mis pies reposaban algunas hojas verdes y flores moradas de la jacaranda de enfrente. Me detuve a disfrutar el espectáculo de tonos violetas frente a mí, engañándome con que podría representar que algo bueno estaba por venir. La luz seguía molestándome el ojo, podría haber seguido durmiendo, pero tenía que levantarme para ver a Maia. Porfirio se acercó, dio un brinco y se sentó en mis piernas, ronroneando y demandando arrumacos. Regresé la vista a la jacaranda.

La primavera se había instalado en la ciudad, pero yo seguía congelada en el pasado.

Tomé un baño que me espabiló del letargo, como si el agua se hubiera llevado mucho del peso que cargaba conmigo. Esta vez, el espejo me devolvió la cruda imagen de un cuerpo desnudo, sin adornos, abandonado, y un rostro demacrado, en ruinas, al que solo le quedaba la dignidad de seguir de pie. Era evidente mi poca simetría interior, reflejada hacia afuera. Lo sucedido había dejado marcas no solo en mi mente, sino en mi carne. Huellas profundas, cicatrices, heridas abiertas: cartografía del dolor.

Los huesos de la cadera y el torso parecían a punto de rasgar la piel adelgazada y pálida. En ese momento me sentí pequeña, frágil, como si perteneciera a otra edad, mucho mayor. Una visión me asaltó. De anciana, mi pelo sería blanco; las arrugas formarían un mapa de experiencias, retos, decepciones, desencuentros; los pómulos salidos me recordarían la juventud perdida. La dentadura postiza no me permitiría hablar bien; la espalda encorvada, rígida; los ojos cristalinos quizás ya no verían nada salvo una nube de desolación. Esa perspectiva no me asustó. No me importaría nada de eso, siempre y cuando mis manos, temblorosas y artríticas, con las palmas cubiertas de manchas marrón, pudieran posarse frente a una computadora, tan vieja como yo, de donde surgieran páginas y páginas de la novela de mi vida.

Sin embargo, todavía habitaba en mí una mujer vital. Me acomodé el pelo frente al espejo, lo peiné, dejé en el cepillo una gran cantidad de hebras. Hice con ellas un ovillo que arrojé al bote de basura, desechando con ellas restos de mí, del tiempo, de mi vulnerabilidad. Me puse una blusa blanca, transparente y sin mangas que dejaba entrever el brasier negro. Los pantalones oscuros y entubados se ajustaron a un cuerpo más delgado. Los tacones, que hacía mucho no usaba, me devolvieron una sombra de elegancia. ¿Cuánto había pasado desde la última vez que me había arreglado así? Sabía que Maia notaría todo. Iba a poner atención en cada detalle, en mi ropa, incluso en el maquillaje que usaba para disimular las ojeras, prueba de noches sin descanso. Ni el rubor en las mejillas podría ocultar la verdad de mi estado deteriorado. ¿Habría cambiado ella tanto como yo?

Coloqué el parche para cubrir mi ojo ausente. Ese objeto era el recordatorio de la falta, de mi fragilidad, un accesorio que no podía maquillarse. Al principio lo odiaba, me incomodaba, me negaba a aceptarlo. Me avergonzaba también lo que había debajo: una cuenca hundida, un área devastada, ciega, un párpado oscuro, apagado, inerte. Cada vez que lo ajustaba a mi rostro era un desafío.

Me fui acostumbrando a él y, más que eso, me llegó a gustar la paradójica idea de que al cubrir algo, revelaba mucho más. Ese pedazo de tela oscura, extensión de mí, era una frontera entre mi mundo y el mundo, una capa de piel que no solo protegía la cavidad vacía y la herida, sino que contenía historias, misterios, secretos. Lo que antes me aterrorizaba, comenzó a fascinarme.

Se convirtió en un manifiesto, en un símbolo de reparación. Dondequiera que iba, las miradas se clavaban en mí, en ese hueco. Producía inquietud, despertaba curiosidad, temor, rechazo, atracción, deseo por descifrar qué accidente o enfermedad habría debajo de ese detalle inusual. Disfrutaba atraer la atención de quien pasara a mi alrededor.

El parche negro me hizo visible.

Era mi marca.

Mi firma personal.

Hice un recorrido por los últimos años. Comencé desde el día en que me presenté por primera vez en la oficina de Maia, cuando decidió que yo formaría parte de Madrigal. Recordé mis múltiples citas para revisar *La triple ciencia*, su publicación, las entrevistas con los medios, las firmas de libros, los encuentros con Ángel, Claudio y otros, las ferias. Todo hasta llegar a la penosa situación en la que terminó mi vínculo con la editorial. Fueron un par de años, tal vez más, no lo sé, es tiempo que mido con el parámetro del fracaso.

La observé de lejos, con el Benson entre las manos, en la mesa de costumbre, al exterior. Me detuve detrás de una columna para mirarla bien. Llevaba un nuevo corte de pelo, más moderno y de un tono más claro; de sus lóbulos colgaban los aretes de perla que se ponía en ocasiones especiales. Salvo esos detalles, seguía casi igual, con el estilo europeo que la caracterizaba. Llevaba un suéter gris de cuello redondo. Recordé cuando en las borracheras la retaba a desabrocharse el segundo o tercer botón de su tradicional y conservadora blusa de seda. Nunca lo hizo. ¿A qué nivel de intimidad llegamos en aquel entonces? Ahora usaba otro tipo de lentes, unos de carey de pasta gruesa que le daban un aire sofisticado.

Me vio, levantó la mano para saludarme y me acerqué. Un beso en una mejilla, luego en la otra.

—Qué bien te ves, Maia —me adelanté a decirle.

—Sé por el incidente que has pasado, Eugenia. Estuve muy preocupada por ti. Lo siento mucho, chavala.

No me preguntó nada acerca del parche, por prudencia. Era evidente su impresión ante la Eugenia que tenía sentada frente a ella. No le conté que el conserje del edificio me salvó la vida. Un extraño cuyo nombre ni siquiera sabía frustró mi intento de desaparecer por completo.

—¿Estás en alguna terapia? —preguntó preocupada.

Le dije que sí. Era mentira.

Llamé al camarero, le ordené un martini. La cara de desaprobación de Maia fue innegable. Prendió el cigarro. Aspiró, y un hilillo de humo se interpuso entre las dos, como si esa barrera casi transparente marcara aún más la distancia que había entre nosotras.

—Iré al grano —me anunció—. Me han dicho que estás muy mal, que no sales, no escribes.

—Estoy trabajando en varios proyectos, Maia, ando de *freelance* —mentí de nuevo.

—Escúchame bien, Eugenia —continuó—. Hay un concurso en Madrigal. Se llama Aquelarre y es de novela negra escrita por mujeres; tienen que ser mexicanas y menores de cincuenta años. Pronostica un éxito para todos. En narrativa, las mujeres latinoamericanas están teniendo mucha resonancia, y la editorial quiere impulsar en México este género para que tengan el reconocimiento de Asa Larsson o Camila Lackbert, que han conquistado el mercado, tienen éxito internacional, se publican en varias lenguas.

No hacía pausas, hablaba con urgencia.

—Los hombres han escrito mucha novela policiaca, y la estrategia de lanzar a una joven escritora de este país es innovadora. Tú incursionaste, y muy bien, en el género con *La triple ciencia*, en eso llevas una gran ventaja frente a las otras posibles participantes. Por eso te estoy invitando.

El teléfono de Maia la interrumpió, lo puso en silencio, no respondió. Pedí otro martini, empezaba a sentirme nerviosa y quería calmarme. Lo que me estaba diciendo era importante. Aunque era suave, la música del lugar empezó a aturdirme y no supe bien a bien qué hacía mi exeditora frente a mí, ahora distantes, pero en el lugar de siempre.

—¿Me escuchaste? —me dijo Maia y disipó mis pensamientos.

—Mira, ando en otras cosas, ya no estoy interesada en escribir novelas. Eso quedó en el pasado.

—Eugènia, tú sabes que te estimo. Y no solo eso: creo que eres buena. No hay fracasos, solo aprendizaje. Vamos, intenta escribir otra novela. Nada pierdes. Además, y esto no lo repitas, conozco a buena parte del jurado.

Aplastó la colilla del cigarro, que iba a la mitad. Le di un trago a la bebida y permanecí en silencio.

—Nadie tiene la fórmula, eso lo sabes —siguió—. Estoy segura de que todavía tienes pluma. Tu nombre puede volver a brillar, yo sé que eso es lo que siempre has querido, y nos conviene a las dos.

Sabía a lo que se refería: salvar su pellejo en Madrigal. La sed de poder no se saciaría hasta obtener la dirección general.

—El monto del premio…

—¿Cuánto? —pregunté, consciente de que había sonado desesperada.

Maia sacó un lapicero de su bolsa y anotó la cantidad sobre una servilleta blanca de papel. Los números marcados en negro parecían iluminarse, no más que mi rostro. Me lanzó una mirada de rara complicidad y yo hice un esfuerzo por sostenerla. ¿Por qué buscarme otra vez a mí si yo no le garantizaba nada? Me pasaron por la cabeza varias preguntas que me confundieron aún más. Los ojos de Maia se fijaron en mí, con una expresión intensa.

—Eugenia, ¿aceptas? Si no lo ganas, de todas formas vas a tener una novela ya escrita.

Sentí una mezcla de terror y entusiasmo.

—Piénsalo bien y comunícate pronto. Y, por cierto, deberías bajarle al alcohol.

¿De dónde iba a sacar la inspiración? Deseaba con todas mis fuerzas volver a esa época en la que escribir era todo: comía, desayunaba, cenaba y respiraba novela. Ahora estaba en blanco. El dinero era un aliciente, el éxito aún más.

Estaba confundida.

Pensé en la propuesta durante días enteros, encerrada en casa con Porfirio, sin salir, tratando de mantenerme despejada. Maia tenía razón en algo: no tenía nada que perder. Poco a poco, la idea de escribir de nuevo dejó de ser una tortura y se convirtió en un reto. Me sentía renovada, con miedo, sí; sin embargo, lista para comenzar. Acepté y se lo hice saber a Maia.

Intenté pensar, concentrarme, pero la realidad era aplastante: no se me ocurría nada. Mis autores favoritos dedicaban horas enteras a escribir, corregir, tachar, teclear. Yo, en cambio, me distraía a cada momento, me levantaba cada cinco minutos a caminar, revisaba el teléfono, buscaba figuras en el techo, me asomaba por la ventana. Tenía toda la intención, pero terminaba viendo videos, sirviéndome otra copa o fumando mariguana convencida de que eso me ayudaría para la creatividad. Mentira. Lo único que hacía era posponer o inventarme excusas.

No. No era ni sería nunca «la Patricia Highsmith mexicana». Era simplemente Eugenia Cuevas y había llegado hasta ahí, con una buena primera novela, dos fracasos y un concurso que no sabía si tenía alguna posibilidad de ganar.

Y por ningún motivo consideré hacerle caso a Maia y dejar de beber.

Asistí a la presentación del libro de Zara Castell y quedé prendida de su magnetismo. Entró a la sala con elegancia, la espalda recta, mirando al público, consciente del efecto que provocaba. Se detenía en un rostro, en otro y seguía caminado. El sonido de los aplausos se fusionaba con el murmullo de la lluvia en el exterior, mientras yo apenas escuchaba mi respiración.

Tomó asiento en el centro del pódium. Vestía una blusa escotada, blanca, una falda corta y unas llamativas botas plateadas. Me gustó su forma de comportarse ante el público, que contrastaba con la formalidad que había mostrado en aquella cena en casa de Maia. Movía las manos, un poco nerviosa, como si le estorbaran o no supiera dónde colocarlas, parecía querer atrapar algo invisible. Observaba a cada rato las puertas de acceso, dando la impresión de que esperaba a alguien. Se tocaba una oreja, se mordía una uña, daba pequeños tragos a un vaso con agua que estaba junto a un letrero con su nombre: Zara Castell.

Era una mujer que, como un poderoso imán, atraía a todas las personas del lugar. Ojos penetrantes, mirada avispada y una sonrisa que rozaba la perversión. Se ponía y quitaba unos anteojos repetidamente, como si no pudiera enfocar bien.

—Buenas noches —dijo al micrófono después de aclararse la garganta.

No ocultó su emoción al ver que la sala estaba llena. Yo no dejaba de observarla, el resto de la gente desapareció para mí. Me preguntaba si entre la multitud ella me reconocería. «¿Se acordará de mí, de mi nombre?».

Julián de la Barca, el presentador de la novela, era un hombre alto, con anteojos anticuados que le daban un aire intelectual, quizás un poco falso. Ojos cafés, profundos; pelo oscuro, las canas empezaban a teñirle el pelo de un gris plomizo que lo hacía ver mayor. Las manos grandes, con palmas anchas y fuertes, la piel curtida. Comenzó a hablar, su voz grave pero agradable elogió la obra de Zara. Aseguró que este libro le daría un reconocimiento internacional.

—¿En qué estás trabajando ahora, Zara? —le preguntó Julián ya casi al finalizar la charla.

—No voy a revelarlo, Julián... —respondió con un gesto enigmático.

Recordé el nombre. Era, sin temor a duda, el tipo por quien le habían preguntado en la cena de Maia.

El público aplaudió por varios minutos. Se hizo una larga fila para que Zara firmara los ejemplares, que estaban a punto de agotarse. Llegó mi turno.

—¿Cómo te llamas?

—Eugenia, ¿te acuerdas de mí?

—Claro que me acuerdo de ti.

«Con cariño», fue lo único que escribió sobre la primera página. Abajo, sus iniciales.

Tras el evento se ofreció un brindis en la librería. Zara Castell se desenvolvía bien entre la gente, aunque mantenía cierta reserva. Julián de la Barca no la dejaba sola en ningún momento; ella mantenía una sutil distancia, daba un paso atrás si él se le acercaba, evitando el contacto.

Llegó un hombre que le susurró algo al oído y del brazo la condujo al exterior. Dejó a Julián solo, bebiendo, copa tras copa. Aproveché para acercarme a él.

—Pienso lo mismo que tú de la novela de Castell. Es fantástica —choqué los cristales.

No contestó de inmediato, su atención estaba puesta en la puerta por la que la festejada autora había desaparecido.

—¿Conoces a Zara? —me preguntó por fin.

—Sí, muy bien —mentí sin motivo alguno.

Esta vez sí me sumergí en su libro y en el que había comprado hace tiempo y que apenas había hojeado. Puse atención en cómo utilizaba el lenguaje, en la precisión en las descripciones, la cadencia en las frases, el tono, la atmósfera envolvente que lograba. Los personajes eran complejos y perturbadores, encarnaban lo más oscuro de la condición humana, pero a la vez los retrataba sin artificios, como si pudieran ser cualquiera, sus diversos matices los hacían auténticos. Sentí admiración, también envidia y frustración al reconocer el talento de Zara Castell.

Releí ambas novelas. Creí haber comprendido y captado la esencia de su escritura, las obsesiones que se colaban entre los párrafos. Mi fascinación no paró ahí.

Me detuve a observar su fotografía en la contratapa de uno de los libros; no había reparado antes en ella. Zara aparecía casual, sonriendo con una soltura casi inocente o infantil que desentonaba con la información académica e intelectual de la semblanza que acompañaba la imagen. Había una foto similar en el otro tomo. Fue entonces que noté un detalle que había pasado por alto: ambas tenían el crédito de Efrén.

La fotografía está ligada con el acto simbólico de morir. La imagen detiene la continuidad, es tiempo pasado. Lo fotografiado ya fue y, al haber sido, nunca volverá a ser.

La puerta estaba ligeramente entreabierta. Empujé con cautela, y los goznes oxidados respondieron con un sonido largo y áspero, anunciando mi llegada. La voz de Efrén resonó a lo lejos.

—Pasa, salgo en unos minutos.

Al entrar, percibí el ambiente denso, penetrante, impregnado de un olor húmedo a vinagre y alcohol, mezcla de los químicos de revelado. El estudio era un bodegón industrial, grande, con un piso de concreto desgastado y paredes de ladrillo. La iluminación provenía del exterior, se filtraba por el espacio entre las cortinas pesadas y el cristal de unos ventanales al fondo. El techo era alto, con tuberías de diferentes grosores descubiertas y lámparas colgantes que se balanceaban con la leve corriente de aire. Había estantes, cámaras, lentes, libros y objetos antiguos. Avancé sin saber bien a dónde dirigirme. En el camino esquivé un taburete de metal, un viejo ventilador, cables enredados en el suelo, cajas apiladas, telas desbordadas en un perchero, un espejo de cuerpo completo apoyado en una esquina. Al fondo, un panel blanco parecía el portal hacia otra dimensión. Reconocí la Canon 35 mm montada sobre un trípode que apuntaba hacia mí. Aquel desorden tenía algo de sofisticación, una armonía oculta en cada elemento. Pisé una alfombra gruesa y desgastada.

Un reflector se encendió con un zumbido eléctrico, luego otro y otro. Chorros de iluminación bañaron el lugar y a mí, quedé expuesta. Una de las paredes que la penumbra ocultaba se reveló frente a mí. Estaba cubierta de fotografías enmarcadas, de varios tamaños, casi todas en blanco y negro. Eran cuerpos desnudos de mujeres, capturados en movimientos descaradamente sensuales y eróticos. Torsos arqueados, caderas acentuadas, senos cuyos pezones apenas rozaban la luz, brazos tensos o relajados, vaginas expuestas, formas femeninas que creaban un lenguaje, artístico y seductor. Me acerqué para ver las imágenes a detalle, explorarlas de cerca. La textura de la piel podía tocarse con la vista: eran superficies suaves, aterciopeladas; algunas partes erizadas, otras con gotas de sudor resbalando por las curvas; en algunas el vello se asomaba entre los muslos, los poros exhalaban ardor. Los pliegues y las siluetas tenían volumen. La tensión de ciertos músculos transmitía vulnerabilidad, otras veces reposaban serenos. Las fotos evocaban fuerza, eran deseo capturado. Era la misma modelo, el mismo cuerpo en todas las fotos, el rostro apenas se insinuaba, permanecía oculto entre las sombras.

Excepto en una, enmarcada en grandes dimensiones: ocupaba casi todo un muro.

Reconocí a Zara Castell, con una mirada que parecía desafiar al espectador. Y a mí, que nunca había sido fotografiada así por Efrén.

Giré de inmediato al sentir la mano de Efrén sobre mi hombro. Mi amigo sonrió al verme, iba a decirme algo, pero acorté la distancia entre nosotros y, sin pensarlo, atrapé su boca con la mía en un beso. Lo atraje más a mí, lo abracé y sujeté de la cintura, llevándolo hacia mí con fuerza, como si fuera a escaparse. Una necesidad de poseerlo se adueñó de mí. Respondió con la misma intensidad. El choque de lenguas y alientos decantó en una batalla desperada por desnudarnos. Las prendas iban cayendo. Ese cuerpo que jamás me había excitado, hoy se me presentaba distinto. Mi urgencia era irracional.

Efrén me empujó contra la pared, giró mi cuerpo, mi pecho tocó el frío de la superficie, contrastando con el calor de su espalda sobre la mía. Frente a mí, la fotografía de Zara, la que mostraba el rostro, imagen inmóvil, muda, gestos atrapados en el papel. Mis manos se apoyaron en ella, mis dedos recorrieron su pecho, sus mejillas, su boca, mientras detrás de mí Efrén me penetraba. Mi cuerpo estaba atrapado entre el suyo, vivo y palpitante, y el de ella, impreso en papel mate.

Al terminar, un aullido retumbó en cada rincón del estudio. No supe de quién fue.

La forma máxima de expresión es la prosa del dolor, las rimas libres del llanto, la sintaxis del desastre, la semántica de la pérdida. La escritura, sin embargo, es la fuente más cercana al silencio y al grito, lugar no-lugar donde las palabras y la existencia cobran un sentido.

Volví al calvario que tanto presentía, un ciclo de repetición. Todo pasó muy rápido, podría decir que el tiempo fijado para mi primera entrega a Maia se fue en agonía, con la conciencia de fracasos anteriores y el vacío del presente. Tenía que distanciarme por completo de lo que no había funcionado con mi segundo libro. Exploré el *nouveau roman* de los franceses e intenté humedecer una magdalena seca en un té de posibilidades. Me propuse describir con minucia las acciones cotidianas. Mirar a través de una celosía y anotar a detalle lo que observo en veinte hojas. Retratar cómo me corto las uñas, el brillo del metal del acicate en contraste con la opacidad de las cutículas, la gota de sangre que brota desde un padrastro mal cortado. Narrar la preparación de una comida, el olor de cada ingrediente, la mezcla de sabores y texturas, cómo la carne y los vegetales se cuecen lentamente. Relatar un atardecer con todos sus colores, las formas de las nubes, los sonidos de los pájaros que migran.

No. Eso no era lo que Maia buscaba. Ella quería misterio, crímenes, pasiones.

Acudí a los «superventas», como les llamaba Maia, en busca de las coordenadas que me llevaran al éxito garantizado. Reproduje tramas conocidas, alteré nombres y ciudades, llegué al extremo de reescribir pasajes de otros autores en los que solo modifiqué algunos giros y tiempos verbales. Ni así lograba algo, y la copia era evidente y arriesgada. Volví a engañarme creyendo que beber o drogarme sería un buen recurso para vencer las resistencias y aflojar la mano, pero yo sabía que en ese estado era casi imposible crear algo coherente. No era Baudelaire para explorar los efectos del hachís y el opio y crear mi propio paraíso artificial ni Bukowski para escribir rodeada de latas de cerveza. De todas formas, ni sobria podía hacerlo.

Dicen que uno escribe para dar cierta estructura en el caos interior, pero yo ni siquiera podía ordenar mi propia mente. Estaba extraviada en la incertidumbre, y lo que yo necesitaba eran certezas, aunque fuera una.

La ciudad era una fuente inagotable de historias: accidentes, robos, amores no correspondidos, delincuentes, encuentros y desencuentros, notas rojas y un precario equilibrio que todos los capitalinos nos preguntamos cómo es que se mantiene. ¿Existía la posibilidad de construir la ficción de mi propio mundo? No era fácil copiar la realidad y más con una vida como la mía, que comenzaba a ser aún más monótona.

Extrañaba los días en que todo era más interesante, cuando me movía de un lugar a otro, la universidad, el trabajo, el París con Susana, momentos llenos de revelaciones que hoy parecían desvanecidos. No salía mucho de casa, si acaso, iba a la vinatería con Serafín, quien, por mi aspecto decadente, me miraba cada vez con más curiosidad.

Si antes había sentido lo que era la desesperación, ahora vivía algo mucho más fuerte y cercano a la ansiedad extrema.

Llegó la fecha de entrega acordada con Maia y no tuve nada listo. Ese mismo día, apresurada, hice un sencillo esquema en una hoja de papel.

«Una mujer que escribe pero no puede escribir sobre alguien que asesina a una mujer que escribe sobre alguien que no puede escribir».

La realidad no siempre antecede a la ficción, es la imaginación la que predice los hechos antes de que sucedan. Fantaseamos, luego existimos, después escribimos, y las ideas se materializan en los libros. Pero hay veces que la vida imita lo que hemos puesto en papel, como si los relatos o las novelas fueran una profecía autocumplidora. No se puede distinguir el sueño de la vigilia, lo blanco de lo negro, la memoria de la invención. La tinta y el pensamiento son dos caras de la misma historia, de una misma hoja. Escribir es habitar un territorio ambivalente donde la verdad y la mentira se desdibujan y a la vez se entrelazan.

Caminé hasta Madrigal; anochecía; intentaba observar cada detalle del recorrido que tantas veces hice al mismo destino, con intenciones distintas. Me dolían las piernas, sudaba por la frente y por el pecho. Al llegar, me sentí ajena a los espacios de la editorial, ni siquiera me acerqué a saludar a las personas que trabajaban ahí, otros editores, colaboradores, gente de relaciones públicas con quienes tantas veces conversé. Le entregué a Maia la hoja que traía en el bolsillo de mis pantalones.

—¿Y esto qué? —expresó mientras la desdoblaba.

—De eso va el *thriller*.

—¿Y esto qué? —repitió enfadada.

La leyó. Rompió el papel. Los pedazos cayeron al suelo.

—¿Es broma, Eugenia?

—Esto es lo más serio que he escrito en toda mi vida —afirmé.

La molestia de Maia era evidente.

—Las novelas no siempre se escriben primero, antes hay que pensarlas y trazarlas en la cabeza o en un papel —le aclaré.

—No me sirve de nada. He conocido a muchos supuestos escritores que aseguran tener toda su obra en la mente y ahí se queda. Como tú, dicen que van a empezar mañana, y ese mañana nunca llega.

—Ya la tengo pensada, con capítulos y final. Solo me falta tener tiempo para sentarme.

Maia comenzaba a desesperarse.

—Estamos contra el tiempo y tú lo gastas en bebida y en procrastinar. La literatura se hace escribiendo, no hay de otra. ¿Acaso no te acuerdas de *La triple ciencia* y el trabajo que nos costó?

No podía defenderme.

—Eugenia, esto no es suficiente y lo sabes. —Maia respiró, intentando calmarse—. En ese mínimo argumento la asesina puede ser la posible asesinada, eso ya ha sido visto en muchas ocasiones, no es original. Ponte a escribir, si quieres, y si no avísame de una vez.

—Tendrás una novela policiaca. Una obra sobre un crimen perfecto —dije, sabiendo que tal vez mi promesa era inviable.

—¿Y qué vas a hacer?

—Lo que sea necesario.

—Te he guiado y enseñado una y otra vez los componentes de una novela policial. Úsalos.

—Te faltó mencionar mi imaginación.

—Una imaginación perversa, Eugenia.

El acto de escribir requiere un esfuerzo fuera de lo común que va contra la fugacidad. Es un intento por capturar los instantes, atrapar lo efímero con palabras, darle forma a los momentos que nos dan sentido, reinventarlos, recrearlos antes de que se deformen o se pierdan. Hay que inmortalizar las historias en papel, de lo contrario se evaporan, se disuelven en el tiempo.

Encontré la vinatería abierta. Entré y la luz blanca hizo que entrecerrara los ojos, me lastimó las pupilas, como si hubiera pasado horas, meses o años en la oscuridad total. Parecía que alguna botella se había abierto o vaciado, porque el olor a alcohol invadía el lugar. Di unos pasos y lo comprobé: había un envase roto con un charco transparente en el suelo. Serafín trapeaba. Por primera vez me fijé en él, con quien tantas veces había intercambiado dinero por alcohol, a quien casi no conocía a pesar de mis visitas tan frecuentes. Era un tipo obeso y chaparro, pelón. Destilaba un aroma rancio. Me saludó; su voz era desagradable. Fue por mi Johnny Walker sin preguntarme. Ya sabía mis gustos.

—¿Cigarros?

—Dos cajetillas.

Me entregó el cambio y se retiró a seguir con el aseo.

Serafín parecía un personaje de ficción, como si hubiera salido de un cuento de otra época. Algo en él desafiaba la realidad. ¿Qué historias ocultaba su cicatriz en forma de serpiente, trazada como un símbolo esotérico a la mitad de la mejilla? Podría ser la herida de una pelea callejera en su juventud, un vestigio de honor entre pandilleros o quizás algo más oscuro: el recordatorio de algo cuando se asomara al espejo. Su rostro marcado guardaba más secretos que los personajes que yo había intentado perfilar en el pasado. Salí de la tienda con la sensación de haber presenciado algo que no debía olvidar; traté de fijar en mi mente lo que recién había visto, olido, escuchado, percibido. Imaginado. «Así es como deben trabajar los escritores», pensé. Observan. Capturan los detalles. Registran sensaciones, sabores, temperaturas. El modo en el que el viento se cuela por los orificios o la tela de la ropa; cómo el cuerpo reacciona de distintas formas ante el miedo. A qué sabe la humedad en el ambiente; por qué a veces se nos pone la piel de gallina sin razón. Toman notas apresuradas en un pedazo de papel o, si son más previsorios, en una libreta. Otros confían más en la memoria, en las impresiones que guarda el cerebro. Describen las cosas como son, pero exageran cuando la realidad no es suficiente para una buena trama: inventan lo que falta. Porque para escribir y contar historias no es necesaria la verdad, se necesita a veces un poco de mentira.

Caminé sin saber a dónde, permitiéndome perder la noción del tiempo, y el mundo tomó otro matiz, nuevo, iluminado con una luz distinta que me mostraba lo que antes parecía invisible. Las grietas del concreto eran las marcas de una ciudad herida, los neones de los letreros latían de forma artificial, los grafitis en las paredes susurraban mensajes ocultos que de alguna manera yo podía descifrar. Aspiré el vapor que emanaba de un hornillo de tamales; la voz de la vendedora era monótona, aguda. Me crucé con un anciano de pasos lentos y erráticos, una mujer fumaba, en minifalda, una pareja caminaba con urgencia, un hombre se tambaleaba, ebrio, en una esquina. Cada detalle en ellos me parecía revelador, eran historias esperando a ser contadas. El anciano, viudo, andaba sin rumbo, la ausencia de alguien le pesaba más que la vida. La mujer del cigarro podía terminar destajada en una habitación de algún motel. La pareja buscaba un sitio donde saciar las ganas antes de volver a sus vidas comunes y corrientes. Los seguí durante algunas cuadras; noté que se incomodaron por mi presencia y decidí detener mis pasos, pero no mis fantasías.

Las piernas en movimiento me dictaban un ritmo de escritura: uno, dos, aceleraba, me detenía, volvía a seguir, otra pausa, como si la ciudad misma se estuviera desplegando ante mí a través de mi andar. No sé cuánto tiempo deambulé, viendo el paisaje con el asombro de un niño, con la fascinación de una extranjera que descubre un país desconocido, ajeno, percibiendo todo con los cinco sentidos, como por primera vez.

Comenzó a llover. Al principio fue apenas un goteo tímido y lentamente pasó a convertirse en un chubasco. Sentí el agua filtrarse entre mi pelo, escurrirse por mi cabeza. Cuando rozó mi boca, probé la tempestad. El suéter tejido y la blusa de algodón se pegaron contra mi cuerpo, me sentía incómoda: la ropa era una piel de la que quería despojarme de inmediato. Pensé en el pájaro que desplumé cuando era niña. Ese recuerdo me llevó a otro, luego a otro más, encadenando una secuencia involuntaria de escenas que me iban transportando a distintos tiempos y lugares reflejados en los charcos que pisaba. ¿Con qué palabras describir el color del cielo? No era gris ni azul, era un resplandor plomizo. Las tonalidades se iban matizando con cada minuto transcurrido, y yo lo notaba. Con los sonidos ocurría algo similar. El rugido de un camión, potente y ensordecedor, luego distante; el chirrido de las llantas de una bicicleta deslizándose por el asfalto; el ladrido de un perro. Mi respiración. El vapor tibio que salía de mi boca. Descubrí que mis pensamientos también hacían ruido.

¿Por qué romperme la cabeza buscando historias cuando el mundo me las daba a manos llenas? La realidad era un surtidor infinito de leyendas y relatos inagotables, una trama orgánica y viva; solo tenía que aprender a verla, sentirla, dejar que me arrastrara como la corriente del agua de aquella madrugada.

Me detuve bajo un toldo. Todo se revelaba frente a mí de forma inesperada. Cada detalle, cada sombra, cada rostro tenía posibilidades. Yo no pensaba en otra cosa más que en escribirlas antes de que se evaporaran en el amanecer junto con la lluvia.

«Esto es lo más serio que he escrito en toda mi vida», tecleé al llegar a casa.

Los trozos de papel caen sobre la alfombra como hojas secas de un otoño inesperado. Maia los recoge y los coloca sobre el escritorio, revueltos, caóticos, como la idea de la frase que contenían. En la oficina reina un silencio total, lo que sucede afuera parece estar en pausa, la calle vacía, el viento enredado entre las ramas de los árboles. Se interrumpe por el clic del encendedor, el chasquido metálico que deja paso a la llama. Maia le da una única calada al cigarro, lo apaga enseguida. Alza la vista hacia el techo, el detector de humo parpadea en verde. Viste pantalón y blusa azul marino; las arracadas que cuelgan de sus lóbulos resaltan, le pesan. La rigidez de su semblante la delata. Está inquieta.

Toma con los dedos los fragmentos de papel, los ensambla como si fueran un rompecabezas.

—«Esto es lo más serio que he escrito en toda mi vida» —Maia lee en voz alta—. ¡Bah!

Mete los Benson en su bolsa, se levanta con un movimiento brusco, toma el saco del perchero y sale malhumorada. Cierra la puerta. Apenas a unos segundos, la vuelve a abrir; su mano busca el interruptor y apaga la luz.

—¡Joder! —gruñe.

Esta vez, la puerta se cierra con fuerza.

Seguí con el aparentemente sencillo ejercicio de transcribir cada instante, intentando capturar los momentos significativos con la mayor fidelidad posible, reales o producto de mi fantasía, igual de verosímiles. Las palabras y las oraciones contenían gran parte de la esencia de la realidad: el movimiento de los árboles, las sombras proyectadas sobre las paredes, las conversaciones de gente ajena, y además todo lo que yo imaginaba alrededor de ello. Magnificaba lo cotidiano sin perder el asombro de descubrir las múltiples opciones que sucedían a mi alrededor, además, por supuesto, de las mías. El desierto creativo comenzaba a humedecerse. En mi mente estaba germinando algo, una semilla estaba a punto de romper la superficie y florecer.

Logré varias cuartillas. Las imágenes eran potentes, bien construidas; las descripciones eran suficientes para recrear atmósferas. Los renglones fluían.

Releí lo escrito.

Fallé de nuevo. Había ritmo, pero carecía de pulso. Ocurría todo y sin embargo nada sucedía. Algo esencial se me escapaba entre los dedos. Flotaba en la superficie cuando lo que anhelaba era bucear a profundidad, sumergirme en el fondo, sentir el peso del agua, la presión en los pulmones. Narrar no era suficiente: tenía que tejer el hilo invisible que da forma a una buena historia. Tal vez describir la vida tal y como es sea un acto imposible y solo se vuelve legible cuando, de algún modo, se transforma en literatura. Y cuando esta, aunque sea por un instante, nos haga sentir realmente vivos.

Salí a buscar historias, dentro de mi departamento no iba a encontrar nada. La ciudad estaba despertando, tan fatigada como yo. Un barrendero deslizaba la escoba de un lado a otro en un movimiento monótono, peinaba el pavimento con ramas secas atadas a un palo.

El sonido era constante, repetitivo: marcaba el compás del amanecer. Pensé en las onomatopeyas, siempre un buen recurso para enriquecer las escenas. Solo bastaba escuchar con atención.

El sol naranja empezaba a asomar en el horizonte, como si me indicara el camino. Me guio hasta un parque. Un par de corredores pasó junto a mí. Sudaban por la frente, alcancé a oler su transpiración mezclada con el aroma del pasto húmedo. Uno hablaba con voz ronca, el otro escuchaba; la respiración de ambos parecía estar sincronizada, al igual que sus zancadas. Me detuve bajo un árbol y aspiré el aire fresco. Toqué la corteza, áspera y seca; un trozo se desprendió y cayó al suelo. De pronto, un movimiento en la copa me sobresaltó. Dos ardillas se perseguían juguetonas, escalaban el tronco en círculos, trepando con agilidad. Así como ellas, yo también intentaba atrapar algo.

Entonces la vi.

Apareció envuelta en luz, el agua de los rehiletes se fragmentaba en un arcoíris que la rodeaba por completo. Vestía una camiseta blanca sin mangas, shorts, tenis. Sus piernas eran largas, pálidas. Disminuyó la velocidad, ajustó algo en su reloj.

La casualidad siempre había sido para mí un pretexto, un artificio para justificar los hechos. Pero cómo no creer en el azar si ahí estábamos las dos, cruzándonos en medio de la ciudad inmensa, en la vastedad de las probabilidades, frente a frente entre miles de caminos y rutas posibles. Nos reconocimos, nos saludamos. Las circunstancias nos habían vuelto a reunir.

Iniciamos una plática superficial; apenas puse atención a lo que me decía. Zara se estiraba frente a mí, con el rostro enrojecido por la agitación. Su cuerpo mostraba disciplina: era flexible, fuerte, el torso alargado; los brazos extendidos la enmarcaban como si fueran alas. La camiseta ceñía su cintura y sus pechos. Yo, en cambio, llevaba ropa holgada y sucia, el pelo suelto y enredado, los párpados hinchados por las horas sin descanso.

El sol había ascendido en los últimos minutos. Me quité la sudadera; una mancha negra estaba impresa en el centro de mi camiseta. Mi aspecto era el de una trasnochada vampira de la colonia Roma.

—¿De dónde saliste tan temprano o te quedaste a dormir en el parque? —dijo riendo. Tenía un sentido del humor agudo.

—Me gusta pasear a estas horas —respondí.

Caminamos un par de cuadras por las que apenas hacía unas horas había pasado. Las cosas eran distintas a plena luz del día: la iluminación pintaba los árboles con otros colores verdosos y cobrizos, el cielo se volvió más azul, la piel de Zara lucía más tersa sin sudor. Nos detuvimos frente a una verja gris. Era una pequeña casa de un solo piso, en medio de un terreno baldío y una oficina gubernamental que parecía en desuso. Zara sacó una llave del borde superior del marco de la puerta.

—Te invito un café. —Me dio paso.

Zara Castell me permitió entrar no solo a su casa, sino a su vida. Con ese gesto de hospitalidad me abrió los umbrales de su mundo interno, del que yo quería saberlo todo. No era solamente un café lo que me estaba invitando, era la posibilidad de penetrar en su intimidad.

Se movía con naturalidad en ese espacio, moldeado a su presencia, sin duda suyo. Sin embargo, parecía que le quedaba grande, que no alcanzaba a habitarlo del todo. Había algo más que lo aparente, rincones secretos, nichos, lugares que no pisaba con frecuencia, cajones con llave, armarios que no abría nunca, recuerdos enterrados detrás del concreto de los muros, debajo de las losas de madera.

Me preguntó si salía con Ángel. Maia debió haberle dicho algo. Lo negué. Le aclaré que Víctor Rodríguez era mi novio y que el mes pasado había estado con él en Nueva York.

—¡Víctor! El pintor de ojos azules de la cena de Maia. Me cayó bien, aunque es tímido.

—En la cama es todo lo contrario —presumí, confiando en que la frase sonara creíble.

La sala estaba llena de estantes repletos de libros acomodados por géneros, novelas, poesía, ensayo; algunos clasificados por orden alfabético; otros por temas y autores. Era mi idea de librero perfecto. Entre los tomos había algunos objetos: vasos con lápices y plumas, alguna escultura, macetas con plantas. En un extremo estaban los de Madrigal, que reconocí al instante. No encontré *La triple ciencia*. La mesa del comedor funcionaba como escritorio, ahí reposaba una computadora, una libreta y una lámpara verde como las de algunas bibliotecas. Hojas sueltas, libros con marcapáginas de colores. Zara puso música desde su teléfono y «Kind of Blue» comenzó a sonar en una bocina.

—¡Miles Davis es dios! —exclamó.

—¡Me encanta el jazz! —respondí sonriente.

Mentira: lo odiaba.

Tomé un marco con una fotografía de ella y quienes supuse conformaban su familia. Estaban en la playa; cuerpos perfectos, pieles bronceadas. Zara se parecía a su madre en el tono del pelo y la expresión en la cara. Un hermano, supuse que el menor, situado en un extremo, distraído; otro, un poco más alto, de pie. El que parecía mayor abrazaba a Zara por la cintura. Me arrebató el portarretratos y lo colocó bocabajo.

Nos dirigimos hacia la cocina. Encendió la cafetera. Yo pedí el mío negro, ella con sustituto de azúcar. Tan iguales, tan distintas. El bien y el mal, el yin y el yang, el blanco y el negro, lo que es arriba es abajo.

—¡Salud! —bromeó, interrumpiendo mis divagaciones.

Antes de dar el primer trago al café, fui al baño. Era diminuto, limpio e igual de iluminado que el resto de la casa. Husmeé el mueble del lavabo, había cremas, varias medicinas y multivitamínicos. También una secadora de pelo, un cepillo, un lubricante y un juguete sexual color rosa fosforescente. Unos calzones negros estaban colgados en la manija de la regadera. Las toallas eran blancas; busqué en ellas el aroma de su cuerpo. Percibí el olor a jabón, algo de perfume; no encontré el suyo.

Nos sentamos en los sillones de la sala. Se quitó los tenis y los calcetines. Sus pies eran grandes; los masajeaba ella misma, parecían estar adoloridos. Hubo un silencio, quizás un poco incómodo. Al fin y al cabo, éramos dos desconocidas que tuvieron un extraño encuentro durante las primeras horas del día.

—Cuéntame, ¿qué estás haciendo ahora? —preguntó Zara.

—Estoy en varios proyectos, ando de *freelance*... —le contesté.

—Pero ¿estás escribiendo?

—No como quisiera, no tengo inspiración últimamente y me siento estancada —expresé sin ánimo. Luego di un trago a mi bebida, me quemé la lengua, derramé unas gotas sobre mi camiseta, ya de por sí sucia.

—A veces pasa...

—¿Tirarme el café encima o no tener inspiración? —Ambas nos reímos de mi torpeza.

—Yo nada más me siento, me relajo, dejo que las ideas fluyan... No es tan complicado como parece. ¿O cómo le haces tú?

—Como puedo —confesé—. Estoy trabajando en una novela, pero no sé si esté funcionando.

La música cambió repentinamente a una canción zen de ritmos pausados e instrumentación suave. Aunque artificiales, el efecto de los sonidos de la naturaleza, el canto de los pájaros, el viento entre los árboles, hizo que el ambiente se sintiera más ligero y confortable. De alguna forma, en ese momento generamos confianza la una en la otra, una sensación de conexión y empatía.

Quería saber más sobre Zara, mucho más de lo que yo ya había averiguado, más de lo que me estaba contando. Lo que callaba cuando sostenía con más fuerza la taza entre las manos; lo que imaginaba al asomarse por la ventana, cuando fruncía el ceño; entender sus silencios repentinos, sus técnicas en la literatura. Tendría que ser paciente y dejar que ella me mostrara fragmentos de sí misma, a su propio ritmo.

Terminamos el café, no volvió a ofrecerme más. Noté que empezaba a inquietarse, fue a la cocina, lavó los trastes. Era hora de irme.

—¿Por qué no cenamos uno de estos días? —me animé a decirle.

—Buena idea. ¿Invitamos a Maia? —propuso mi nueva amiga.

Me desconcertó saber que eran tan cercanas como para considerarla en ese tipo de planes.

—No, vámonos solas sin la generala —respondí, tratando de evitar la interferencia de nuestra editora.

«No, vámonos solas sin la generala». Escribí apenas me senté en mi escritorio.

Zara había hecho la reservación en un sushi bar del que jamás había escuchado. Era un lugar discreto pero elegante, frecuentado por gente sofisticada, con atuendos cuidadosamente elegidos. Encajaban a la perfección con la estética minimalista: paredes de madera oscura, techo alto, espacios amplios.

Llegué antes. Me acerqué a la recepción y pregunté por la reservación a nombre de Zara Castell. Una mujer vestida de geisha, con el pelo recogido en un moño impecable y un kimono de seda azul marino con bordados dorados, inclinó levemente la cabeza y, sin hablar, me hizo una seña para que la siguiera. Con pasos cortos y silenciosos me guio hasta nuestra mesa, ubicada junto a un pequeño jardín interior con bonsáis podados de forma meticulosa, cerezos en flor artificiales, pero muy realistas, y una fuente que imitaba el discurrir de un riachuelo con peces koi, de color naranja brillante. No quise sentarme sola, así que me acerqué a la barra que estaba a un lado. Era una larga pieza de piedra pulida, iluminada desde arriba por una lámpara con luz ámbar que resaltaba la textura rugosa y natural del material. Las butacas altas de cuero negro estaban diseñadas para la comodidad. Me senté en una de ellas y hojeé el menú. Los precios, muy elevados y alejados de mi presupuesto, parecían burlarse de mi ingenuidad. Mientras hacía cálculos mentales sobre cuánto podría gastar sin mostrarme miserable, un mesero, sin aviso, dejó frente a mí un tarro de cerámica con sake caliente. Nunca lo había probado antes. Sentí calor en mis manos a través del recipiente.

Flotaba una mezcla embriagadora, incienso de cedro, la frescura del pescado recién cortado, un toque a algas marinas.

Llegó Zara. Sonriendo, radiante. Tenía la cualidad de atraer miradas sin siquiera intentarlo: las personas la observaban, notaban su presencia, por unos segundos entrecortaban las conversaciones cuando pasaba. Se detuvo en un par de mesas para saludar y luego llegó hasta mí. Me saludó con un abrazo, dejando en el aire un olor floral. Llevaba el pelo suelto y los labios pintados de rojo intenso; una falda corta que se movía a cada paso, botas negras hasta la rodilla que resonaban en el suelo de madera.

Miró hacia atrás y le hizo una seña a alguien.

—Ella es Flor. Flor, te presento a Eugenia.

No había contado con que alguien más nos acompañaría. Flor me dio un beso en un cachete, luego en el otro. Tenía el pelo corto, *à la garçon*, muy oscuro, tanto que relejaba la luz con un brillo azulado. Vestía un saco escotado y pantalones negros, pulseras y anillos plateados. Su estilo andrógino me intrigó.

Zara me contó que Flor y ella habían estudiado juntas Historia del Arte en Boston. Pasaron cuatro rebeldes años en el campus, compartiendo casa, hombres y aulas. Había entre ellas una camaradería envidiable, un lenguaje secreto, una complicidad que trascendía las palabras y que dejaba fuera a cualquiera. Contaron anécdotas de su vida en Boston, recuerdos cuyo tono oscilaba entre la nostalgia y la diversión. Yo las observaba, comprendiendo que estaban hilvanadas en un tejido de historias donde nadie más cabía.

El mesero nos condujo a una mesa lista para nosotras, que pronto se llenó de exquisitos platillos y más jarras de sake.

Flor se había divorciado dos veces, no tenía hijos y no pensaba volver a involucrarse con un hombre, lo confesó con desdén. Ahora prefería a las mujeres y ahí pensaba quedarse; ellos le parecían unos idiotas. Era franca en su discurso. Flor se dedicaba a curar exposiciones en galerías tanto en México como en Nueva York; entendí que ese aire cosmopolita se lo daba el ir y venir constante entre las ciudades. Pasaba meses tanto en un lugar como en otro, yendo y viniendo. Habló de los artistas plásticos del momento, del tipo de obra que estaban produciendo; pronunciaba con orgullo cada nombre, como si fueran muy cercanos. No me atreví a preguntarle si conocía a Víctor Rodríguez.

Como si estuviéramos siguiendo un guion no escrito, la conversación derivó hacia las relaciones de pareja.

Zara, entre sorbos de sake, recordó cuando estuvo a punto de casarse en Las Vegas con un productor de cine que resultó ser homosexual.

—Pasamos toda la noche bebiendo champaña, él apostaba, yo no. Me caía bien. Se embriagó tanto que terminó confesándome que estaba enamorado de un colega.

—¿Tú lo amabas? —pregunté.

Se encogió de hombros.

—Estaba encantada con la idea de una boda en Las Vegas, vestirlo a él de Elvis y yo ponerme un vestido blanco como Marilyn.

Flor la veía con escepticismo. Después contó cuando se acostó con un millonario que le prometió viajes por el mundo.

—Casi se muere de un infarto después de nuestra primera noche juntos. Creo que fue mi culpa. —Se llevó una mano al pecho, fingió horror y se echó a reír.

—Eres peligrosa —le advirtió Flor.

—Igual que tú —contestó Zara.

—Yo solo tengo dos novias, una en Nueva York y otra en México.

La insinuación se quedó flotando entre nosotras.

Cuando me preguntaron por mi situación sentimental, me di cuenta de que mi realidad era demasiado simple.

—Hace tiempo tuve una relación con un político importante, con mucho poder.

Las dos afilaron la expresión, mostrando curiosidad.

—¿Hablas del presidente del copete engominado? —bromeó Flor, dándole un leve codazo a su amiga.

–Se los dejo de tarea… —respondí misteriosa y juguetona.

—Dejemos de hablar de hombres y divirtámonos. —Levanté las copas y las invité a bailar al bar en la parte de arriba del restaurante.

Flor insistió en pagar la cuenta. No me atreví a mirar el monto.

El bar era oscuro, con una pequeña pista de baile al centro. Luces y sombras se alternaban, reflejos, destellos rojo y azul; música a todo volumen que vibraba en las paredes y en la piel. Era mi oportunidad para observar a Zara, para ver cómo se desenvolvía con la gente, con su mejor amiga. Me cuidé de no beber demasiado: quería estar atenta a todo lo que dijera, a cada gesto, cada palabra, descifrarla. Zara, con unas copas de más, estaba radiante, feliz. Hablaba más de lo normal, con más soltura. Sonreía, los ojos le brillaban, se movía despreocupada. Era un destello dorado entre la intermitente penumbra del lugar. En la pista, las amigas se rozaban al ritmo de la música, que parecía estar hecha para ellas; eran un vaivén de brazos, muslos, labios que casi se encontraban en una coreografía sensual, espontánea. Quería integrarme, ser parte de eso. Sentí el calor de sus cuerpos, el sudor de ambas cerca de mi piel, mezclándose con el mío. Las personas de alrededor nos miraban, excitadas y ardiendo en deseo, al tener frente a sí el espectáculo de la rubia, la del parche y la de pelo oscuro. Parecía que hubiéramos ensayado, encajábamos con la melodía. Después de tanto bailar, aún llenas de adrenalina, las llevé a la barra. Pedí una ronda de *shots*. Luego otra.

—*Let's dance!* —gritó Flor.

Zara, eufórica, se volvió aún más magnética, mucho más desinhibida, desbordada, expandida entre el humo y el ruido del lugar. Hablaba en voz alta, seguía contando historias como si fueran guiones cinematográficos. Interpretaba a los personajes con gestos histriónicos, modulaba la voz, repetía los diálogos. Descubrí que mi querida amiga era una gran actriz.

—Ya dinos, Eugenia, ¿qué te pasó en el ojo? —se dirigió a mí Flor, quien no pudo con la curiosidad.

—No es que no tenga ojo, está ahí, bien puesto, pero prefiero cubrirlo. La esclerótica, que es la parte blanca, está roja, llena de sangre; la pupila no es redonda, sino en forma de media luna. Es algo rarísimo, los doctores dicen que nunca han visto un caso igual. Como David Bowie, el iris es de un color extraño, ¿quieren verlo?

Entre exclamaciones y risas nerviosas dijeron que no. Yo me divertí con el cuento, que no sé si creyeron.

Zara empezó a ponerse inquieta, miraba hacia la entrada constantemente.

—¿A quién espera? —le pregunté a Flor.

—Al bueno para nada con el que se acuesta —expresó Flor sin recato, y nos llevó a la barra por más alcohol.

En secreto me dijo que se trataba «del idiota» de Julián de la Barca.

Al final mis planes de no emborracharme no funcionaron. Desperté en casa de Zara, en el sillón de la sala, cubierta con una frazada. No había nadie alrededor, yo y mi resaca éramos el único vestigio de la noche y madrugada previas. Tomé asiento a la mesa del comedor, que Zara usaba de escritorio; me puse a husmear entre sus cosas. Había plumas, hojas, unos libros de Élmer Mendoza, Claudia Piñeiro, Dolores Redondo. Eran alrededor de las nueve de la mañana; la ventana dejaba filtrar un clima nublado que teñía la sala de destellos difusos y grises. El sol apenas salía. Caminé hasta la habitación. El pasillo era un túnel oscuro cuyos muros parecían irse cerrando sobre sí mismos, detrás de mí. Al fondo, una luz tenue me esperaba, un faro lejano que me atraía hasta un abismo desconocido.

La puerta entreabierta dejaba escapar un silencio inquietante que me invitó a cruzar el borde de la privacidad. Bajo las sábanas blancas, entre los pliegues, una silueta se movía despacio, atrapada en el letargo. Un pie se asomaba por un lado de la cama, una pierna extendida por otro, una mano se deslizaba con suavidad. La tela cedió, la escena quedó expuesta, un triángulo de cuerpos comenzó a despertar. Julián de la Barca, el hombre que conocí en la presentación; Flor, su buena amiga y cómplice, con quien compartía hombres, secretos y más. Y Zara. La espalda de Julián brillaba con la fragmentada iluminación que atravesaba las persianas. Zara, aún con los ojos cerrados, recorría con las yemas de los dedos la línea de la columna. Julián empezó a desperezarse. Flor le besó la nuca a Julián, descendió por los hombros, mordisqueándolo. Con la otra mano, Zara buscó a Flor, encontró sus muslos. Ellas se acercaron, las bocas jugaban; Julián, sin necesidad de invitación, se integró. Lenguas entrelazadas, deseo compartido. Julián se hincó en la cama, Zara lo recibió con un gemido que apenas pude escuchar. Flor se detuvo un momento, los observó. Él se aferraba a las caderas de Zara, guiaba la cadencia. Flor se colocó a la altura de Julián: se besaron mientras él seguía dentro de Zara, se mecían. Desaparecieron los límites, los tres se disolvieron en roces, placer, suspiros, en el aire pesado y tibio que exhalaba la habitación. Él, ella, él, ella, él, ella, ella, los tres.

Yo no.

Zara giró la vista hacia mí, al momento de la entrega absoluta quedamos atrapadas la una en la otra, sin parpadear. Su mirada era mía, solo mía: no los veía a ellos, sino a mí. Julián seguía dentro de ella, sus manos grandes rodeaban su cuello con fuerza; los ojos en el clímax del placer no dejan de verme.

Fui testigo de un cuadro imperfecto en el que no participé, no fui invitada. Sin embargo, lo registré todo a la distancia, lo atravesé con el filo de mi perversión con el fin de recrearlo posteriormente a solas.

Me retiré en silencio.

Cerré la puerta del infierno.

De vuelta en casa, sentada frente a la computadora, mi mano se detuvo en mi entrepierna en un impulso. No me contuve. Me desbordé en palabras sin preocuparme por la redacción, solo dejando libre el vértigo de la descarga o, quizás, reviviendo los momentos que jamás sucedieron, reconstruyendo escenas imposibles, diálogos jamás pronunciados, caricias que existieron solo en la fantasía, personajes flotando en la neblina de la madrugada.

Julián de la Barca era un destacado y excéntrico, profesor especialista en narrativa latinoamericana del siglo XX. Impartía clases en una universidad privada, su materia era de las más concurridas: les encendía a sus alumnos la chispa del asombro por la literatura. Entre seminarios, charlas y la dirección de tesis, afirmaba sin titubear que transmitir el conocimiento era su verdadera vocación. Pocos sabían que, en un pasado no tan distante, Julián había soñado con ser guionista en Hollywood, emulando a leyendas como Fitzgerald. Con una determinación casi ingenua, dejó lo poco que tenía y se fue a vivir a California. En un austero estudio ubicado en el centro de Los Ángeles, se encerró durante semanas para crear la supuesta obra de su vida, con la que, según él, conquistaría la gran pantalla. Presentó un guion en los estudios MGM, pero fue rechazado por ser demasiado barroco, veredicto que clausuró sus ideales quijotescos y que dejaría una profunda cicatriz en su lastimado ego. Su paso por Hollywood se resumió en una serie de encargos mal remunerados, e infértiles intentos de diálogos que nunca se acercaron a su ambición creativa. Regresó a México sintiéndose un escritor desperdiciado e incomprendido, argumentando que el sistema hollywoodense no había sabido valorar su talento. En un último intento por redimirse, trató de ser poeta. Escribió un libro de poemas dedicado a Octavio Paz, cuya imitación forzada resultó tan evidente como vergonzosa.

La docencia fue su salvación. Las aulas eran un espacio en el que podía mostrar su pasión por enseñar literatura a las nuevas generaciones. Sin embargo, en cada seminario, en cada clase, seguía atormentado por lo que nunca pudo ser.

Entre sus investigaciones más destacadas había publicado un estudio sobre los poetas mexicanos del modernismo y varios ensayos significativos sobre María Luisa Bombal. Su fascinación por la necrofilia en esa autora era notoria. Julián argumentaba que no era una obsesión morbosa, sino una metáfora del deseo que se aferra más allá de la vida, del objeto amado en una presencia perpetua que desafía la caducidad de la carne, de los huesos, del cuerpo.

Julián de la Barca, por un lado, era un profesor que alentaba a los estudiantes a seguir el camino de la literatura; por otro, un escritor frustrado, marcado por las ambiciones que nunca pudo realizar, por el arte creativo que le parecía inalcanzable. Además, era un hombre obsesivo sumido en un espiral de autodestrucción. Su vida era un ensayo y error constante en la que no podía reconciliar la visión idealista con la realidad del fracaso.

Zara me contó que se conocieron en una feria del libro, en medio del barullo editorial y la euforia de las presentaciones. Los dos ya llevaban un recorrido similar en la literatura, en publicaciones y, en el campo del juego de la seducción, eran igual de experimentados. Se toparon en un stand, intercambiaron miradas y teléfonos, la atracción fue inmediata, abrumadora. Sabían que esa noche terminarían enredados. No disimularon las ganas, no hubo rodeos, solo un deseo inmediato y urgente. Sin demasiadas palabras, quedaron de verse en una de las tantas fiestas que suelen celebrarse en esos eventos y que, más que literarias, se convertían en algo mucho más divertido.

El preámbulo fueron tequilas dobles, actitudes desafiantes y roces que eran todo menos casuales. El desarrollo, los cuerpos en frenesí de Zara y Julián, sin pautas, sin puntos finales. El cierre, triples orgasmos.

El éxtasis no se diluyó al día siguiente. Se filtró en sus organismos para acompañarlos el resto de la semana, en toqueteos intencionales en los pasillos, secretos al oído durante las conferencias, besos furtivos tras los estantes de libros. Era una historia en presente, sin promesas de continuidad.

El último encuentro en la feria fue casi desesperado, como si no fueran a tener oportunidad de estar juntos otra vez, como si el tiempo se les estuviera agotando. Zara sabía que el fuego de ese tipo de romances estaba destinado a consumirse pronto.

—Nos vemos hasta el próximo año, aquí mismo en la feria. —La voz de ella tembló al pronunciarlo.

Esa noche, cada uno llegó por su cuenta al coctel de clausura. Ella entró con un vestido quizás demasiado elegante para la ocasión. Eso no la hizo sentir mal, al contrario, lo que buscaba era desentonar, sobresalir entre los asistentes. No estuvieron juntos en ningún momento; ella bailaba, bebía y charlaba con otras personas mientras él, desde la barra, con el vaso en la mano que rellenaba una y otra vez, no le quitaba la vista de encima. Seguía cada uno de sus movimientos, cuando bailaba con otros, cuando reía sin pausa y bebía sin prisa. Ella estaba consciente de la provocación. La maniobra perversa que ahí comenzó se convirtió en una constante en la relación.

Julián se fue antes. Sabía que ella llegaría a su habitación, más tarde que temprano, pero llegaría.

Lo que parecía una aventura intensa y pasajera, destinada a quedarse donde comenzó, se convirtió en un juego sin reglas en el que ambos sabían que podían quemarse. Siguieron saliendo, cada vez con más ansias, con más hambre. Era un romance tierno y tórrido a la vez, que iba creciendo sin que se dieran cuenta. Se comprendían, hablaban un lenguaje similar, sabían descifrarse. Podían hablar durante horas, se acompañaban en la escritura, compartían inquietudes y demonios, se leían con interés y devoción. Así como el cariño crecía y los llevaba a una relación sólida, los celos de Julián y la falta de compromiso de Zara la desgastaba. A él le enloquecía la incertidumbre, ella no concebía la idea de que alguien la controlara.

Cuando Zara salía con sus amigos, apagaba el teléfono, dejándolo a él en una humillante espera que lo llevaba a beber para tratar de anestesiarse. La imaginaba entre otros brazos, probando bocas que no fueran la suya; lo invadía la imagen de que alguien más gimiera su nombre al momento de penetrarla. Al amanecer, Zara se reportaba como si nada hubiera pasado, y él entraba en un debate sin fin entre el enojo y el alivio.

Julián cruzaba límites a la menor provocación. Se presentaba en los bares donde ella estaba; más de una vez la esperó afuera de su casa con una botella en la mano y una decena de cigarrillos consumiéndose junto con él bajo la lluvia o el frío. En varias ocasiones la vio llegar con el rímel corrido, los labios hinchados, el vestido medio desabrochado. Y ella, con una crueldad encantadora, le sonreía y se iba a dormir para levantarse al día siguiente a hacer ejercicio y sumergirse en su rutina. También llegó a ir a los parques donde Zara corría para asegurarse de que estuviera ahí y no en otro lugar. En las fantasías torcidas de Julián, Zara siempre estaba con otros.

Rompían y volvían una y otra vez. Se odiaban con el mismo ímpetu con el que hacían el amor en la cama, con pasión y rabia. Los insultos y gritos se convertían en jadeos y gemidos. Las mordidas en besos. El desprecio en afecto, y viceversa.

Era amor, de eso no había duda, lo comprobé yo misma. Pero era un amor amarrado a las cadenas de la obsesión, a la necesidad de poseer y no ser poseído, lo que los mantuvo aferrados sin posibilidad de redención.

El Departamento de Letras estaba compuesto por varios cubículos alineados a lo largo de un solitario y angosto pasillo. Mis pasos hacían eco conforme avanzaba, resonaban en los muros y en el techo, acompañando a las sombras deformadas de mi cuerpo sobre el suelo. Me imaginaba que era como los corredores de la muerte de las prisiones: fríos, desesperanzados, sin posibilidad de regresar. Yo también estaba cumpliendo una condena de la que no me salvaría.

En cada puerta había placas de metal con los nombres de los profesores. «Mtro. Julián de la Barca», distinguí al final. La puerta estaba entornada.

Él estaba de espaldas a la entrada, de pie frente una ventana, parecía concentrado en el exterior que se alcanzaba a ver a través de las persianas traslúcidas.

—¿Se puede? —pregunté desde el umbral.

Me miró desconcertado. Me recorrió de arriba abajo, sin disimular, deteniéndose en mi pecho, luego regresó a mi cara, intentando ubicarme en un recuerdo borroso.

Tomé asiento frente a él. El escritorio era un caos de hojas y libros. Se acomodó en su silla, distante, sin inclinarse hacia mí, manteniendo la espalda erguida. Me preguntó, serio pero cortés, qué se me ofrecía. Le recordé que nos habíamos conocido en la presentación de Zara, que habíamos intercambiado algunas palabras. Le expliqué que estaba interesada en un posgrado en Literatura, que venía a pedir informes, pero nadie me había podido orientar. Mencionó el nombre del responsable de admisiones, asegurándome que esta persona podría brindarme los datos necesarios.

Miró el reloj: esperaba mi despedida.

—*La amortajada* es una gran novela, un hito en la literatura chilena —cambié de tema de forma repentina—. Nadie había hablado de esa forma, desde la frontera entre la vida y la muerte —continué—. Me gustaría leer tus ensayos, Julián.

Desperté en él cierto interés. Aprovechando esto, abiertamente y sin preámbulos, le invité un café. Volvió la vista a su muñeca, dudó un segundo antes de aceptar. Sugirió la cafetería de la universidad.

Caminamos unos metros, los suficientes para que yo notara su inquietud. Me contó que llevaba años dando clases, que toda la mañana la dedicaba a sus alumnos y el resto de la tarde a la investigación. Yo añadí que quería volver a las aulas, que me hacía falta estudiar, que tenía deseos de especializarme en Literatura Comparada. Nos sentamos a una mesa; él fue por las bebidas y regresó.

—La novela de Zara que presentaste es muy buena —comenté, casual—. Nuestra amiga va muy bien, pero, aquí entre nos, no alcanza ni de cerca la calidad de la Bombal.

Julián no parecía ser un hombre de pocas palabras.

—¿Cuánto tiempo llevan saliendo? —seguí hablando.

—Somos buenos amigos. —Miró el interior de la taza, el pozo de las mentiras.

—Debe ser difícil llevar una relación abierta —seguí—. Eso de que cada quien haga lo que quiera con quien quiera...

—¿Tú también escribes? —inquirió de pronto.

Su pregunta fue un intento torpe para evitar hablar sobre su vínculo con Zara.

Esa noche, leí por primera vez *La amortajada*. Su prosa y el ambiente sombrío me arrastraron a un estado perturbador de semiinconsciencia.

Veo a una mujer inmóvil, ingrávida, recostada bocarriba en un ataúd, sostiene un crucifijo entre sus manos. El pelo claro alrededor de la cabeza se esparce como un halo. Una ligerísima sonrisa se dibuja en sus labios, como si disfrutara que la vieran así. Es la muerte de los muertos, ya no la de los vivos. Las sábanas le cubren los hombros desnudos. Música fúnebre suena en el ambiente; un piano con notas graves, sombrías. Reconozco a los presentes. Sus conocidos, cerca de ella, con expresión solemne. La saben en otro lugar, lejos, quizás inexistente. Lloran, desconsolados, se sacuden en sollozos. Se secan las lágrimas con un pañuelo, desvían la vista.

Y yo.

Yo, de pie, mirándola entre el perfume de las flores marchitas de las coronas fúnebres.

Le susurro algo, acercándome a su cuerpo suspendido entre la vida y la muerte. «Había muerto asfixiada por esa blancura…».

Está en agonía, ya no responde. Pongo encima de ella tres rosas rojas.

Así estaremos algún día Zara, Ángel, Maia, Rafael, Susana, Efrén y yo.

Todos envueltos en la nada.

Reconstruir la historia de vida de Zara Castell no fue difícil. Entre lo que ella me contaba y lo que pude averiguar, fui armando las piezas. Había nacido en cuna de oro, bajo el signo de la fortuna y la abundancia. Si creyera en esas cosas esotéricas, podría decir que los astros la favorecieron incluso antes de ser concebida. Sus padres, descendientes de familias acomodadas, ya tenían tres hijos varones cuando, como un giro inesperado del destino, llegó ella. «Un milagro, una bendición», dijeron todos. Pero su madre, en secreto, la llamó maldita intrusa.

Le había quitado el trono del hogar.

El embarazo no debió haber ocurrido. Tras su último parto, la mujer se había sometido a una ligadura de trompas. Le bastaba con su marido y sus hijos hombres. Sin embargo, Zara encontró la forma de nacer, se las arregló para postrarse firmemente en el útero. Su existencia desafió las leyes biológicas.

De su niñez, Zara no recordaba mucho, hablaba de esa etapa como si fuera algo ajeno. Jugaba con los hermanos mayores, iba a la escuela, nada fuera de lo normal. Cuando tenía doce años, la familia se mudó a

Boston. Su padre, un empresario ambicioso, había conseguido un puesto de gran prestigio. Para él era la culminación de su carrera o, más bien, el inicio de un ascenso imparable. Para Zara, el principio de su invisibilidad.

Nunca se sintió parte de ese mundo donde las apariencias eran lo más importante, donde valían más que la verdad. Las cenas de etiqueta celebradas en su casa eran un teatro de máscaras en el que todos tenían papeles principales, menos ella. Sus padres parecían haber ensayado cada gesto frente a los invitados, mujeres con joyas ostentosas, políticos con trajes oscuros y corbatas. Brindaban con champaña mientras Zara permanecía tras bambalinas, escuchando las pláticas y las risas falsas.

Una noche, todo cambió. Zara había estado enferma durante días; un extraño virus le había provocado una fiebre persistente. La temperatura estaba tan elevada que confundía la vigilia con el delirio. En el comedor, los adultos celebraban algún triunfo del padre. Entonces, como un espectro, apareció Zara en las escaleras de caracol de la mansión. Bajó descalza, en camisón, fuera de sí, con la mirada vidriosa fija en un punto indescifrable. Murmuraba incoherencias, frases sin sentido dirigidas a nadie, palabras sueltas, groserías y maldiciones pronunciadas con voz quebrada. Parecía que estaba dictando una profecía, no un desvarío de una niña enferma.

Los invitados se quedaron mudos, estáticos. La madre se levantó enseguida; el padre estaba avergonzado, subió el volumen de la música mientras daba indicaciones a los empleados de que llevaran a Zara a su habitación.

Al día siguiente, no recordaba nada, la consciencia flotaba fuera de sí misma. Solo había vestigios en la piel de aquel calor insoportable y de los escalofríos. La reprendieron, castigaron, sin dar cuenta de que su hija estaba al borde del colapso. Con una sensación de desarraigo, entendió que su existencia estaba en otro lugar que no era en el de su familia.

La adolescencia para Zara fue un ir y venir de emociones, intentos por pertenecer a algo o a alguien. Pasaba las noches despierta, mirando el techo y las paredes, indagando quién era, reconstruyendo diferentes versiones de sí misma, llegando siempre a una conclusión: quien la habitaba era una desconocida, tanto para ella como para el resto. Nada lograba ahuyentar el insomnio; entonces empezó a correr. No para escapar, aunque eso pareciera, sino para poder descansar. Descubrió que el mundo se veía distinto en movimiento, más rápido de lo normal, menos abrumador. Si se quedaba quieta, una ansiedad insoportable la devoraba desde dentro.

Al terminar la carrera de Historia del Arte, decidió volver a México sin un motivo claro, solo una sensación de que algo la llamaba de regreso. Su familia lo entendió, ellos tenían ya una vida en Boston y habían echado raíces; sin embargo, la decisión era un acto parecido a una traición. Siguió corriendo y, en cada paso, el paisaje urbano se desplegaba frente a ella.

Se instaló en una casa, sencilla y pequeña, que poco a poco fue habitando. Estudió fotografía, psicología, yoga; probó varios caminos sin aferrarse a ninguno. Nunca se dedicó a la Historia del Arte, pero compraba piezas en las galerías de su amiga

Flor y la acompañaba a exposiciones. Todo le interesaba, pero nada terminaba de atraparla hasta que empezó a asistir a talleres de escritura. Ahí descubrió que era buena contando historias y que además lo disfrutaba. Al leer sus relatos se daba cuenta de que provocaba reacciones; sus maestros y compañeros la elogiaban. La convencieron de escribir una novela. Lo hizo sin expectativas y, cuando la envió a una editorial, recibió una oferta de publicación, y el éxito fue inmediato.

Zara Castell era sinónimo de originalidad y talento, se convirtió en el nuevo prodigio de la literatura. Su primera novela arrasó con la crítica. Era brutal, los lectores aseguraban que les desgarraba la piel. Narraba el destino trágico de una mujer nacida de un oscuro secreto familiar, enterrado como un cuchillo en las entrañas. Contaba un amor prohibido, una relación furtiva, imposible de detener. La protagonista, hija del incesto, intentaba a toda costa deshacer las evidencias. Para evitar un embarazo, su destino estuvo en manos de un bisturí, hilo y aguja para cerrar las posibilidades de una descendencia maldita. En las páginas exploraba la complejidad de las relaciones humanas, el amor, los límites de la moral, la forma en que la sangre puede atar y destruir a la vez.

—Las historias más devastadoras son aquellas que jamás se cuentan —me dijo Zara alguna vez.

En ese momento recordé los cuadernos de la bisabuela.

—Yo tengo un relato sobre una mujer de principios del siglo xx que dejó cuadernos inéditos donde cuenta su vida —dije sin pensarlo—. Es mi bisabuela. Podría algún día escribir sobre eso.

—Déjame leerlos. Te doy mi opinión.

Al día siguiente le mandé por correo el archivo con mi tesis. Con mucho cuidado, temiendo que con el manejo las hojas viejas y amarillentas se deshicieran en trozos, le fui a dejar los cuadernos originales del diario, la poesía y la novela para que los revisara.

Tal vez, durante todo este tiempo, había tenido frente a mí una buena trama. Una real, verdadera, que no necesitaba ni copiar ni recrear.

Todos tratamos de mantener ocultos nuestros traumas a pesar de que nos persiguen a lo largo de la vida. Nos convencemos de que el silencio los borra, de que, si no se nombran, pierden fuerza hasta desaparecer. Pero los escritores tenemos la condena, o el privilegio, de no olvidar; insistimos en contar el pasado que nos persigue y respira en la nuca. Al crear personajes nos convertimos en espías de las vidas de los otros, en dioses omnipresentes que quieren conocerlo todo. Por eso observamos con detenimiento, buscamos lo que los demás ignoran, ponemos en evidencia las verdades ocultas debajo de las máscaras y las apariencias. Vemos donde nadie quiere ver. Y, aunque queramos persuadirnos de que todo es mentira, filtramos algo de verdad entre los párrafos.

Los medios de comunicación ofrecen un crudo espectáculo con imágenes verídicas o manipuladas, noticias ciertas o falsas, sin filtro o con demasiado maquillaje; todo al alcance de un clic. Una larga lista aparece con tan solo teclear las palabras adecuadas, aquellas que nos incomodan, que nos causan escalofríos, las que evitamos escribir y más aún pronunciar en voz alta por temor a que queden registradas en la memoria de la computadora o, peor aún, en la nuestra. Esas escenas grabadas y expuestas en la televisión, la radio, los periódicos son un indicio más de la locura y las obsesiones de las que dejamos huella en cualquier lugar. Escándalos y tragedias quedan atrapados en el archivo infinito del mundo digital. Asesinatos, secuestros, robos millonarios, activistas lanzando pintura sobre obras de arte, muertes de personajes icónicos, batallas entre campeones de zumo, concursos grotescos de comida, vida en otras galaxias, descubrimientos científicos que prometen salvar a la humanidad. Todos observamos y somos observados.

Zara Castell. Tecleé su nombre, deletreándolo en voz baja, como si en cada letra la absorbiera. Mi interés en ella ya no era solo literario. Sus fotografías aparecieron enseguida, aunque ya las había visto antes; cada una me pareció más perfecta que la anterior. No eran improvisadas, tenían la luz exacta, la composición impecable. Zara leyendo en la playa, el mar de fondo, la ola a punto de reventar sobre la arena. Zara en una bañera, entre el vapor, mostrando lo justo para dejar lugar a la imaginación. Zara con su computadora, anteojos a un lado, plumas sueltas acomodadas en la misma posición, sus libros con frases subrayadas que presumía casi a diario. Zara en una cama de sábanas blancas de cientos de hilos, tal vez en su casa o en algún hotel de lujo. Zara caminando por la ciudad, la lluvia apenas mojando el asfalto. Zara en bares con amigos, todos combinan en la vestimenta y en los gestos. Zara corriendo en el parque.

Zara.

Zara.

Zara y su aparente realidad retratada en ocasiones por el fotógrafo de moda, Efrén.

¡Qué sencillo fue saber la aparente vida de alguien a través de la poca o nula privacidad de las redes sociales! Y más de alguien que se exponía con tanta transparencia como ella. Publicaba fotos de lo que desayunaba, del ejercicio que hacía, de sus lecturas, de los restaurantes, museos o cafés que visitaba. Me parecía ridículo. Mi vida personal, al contrario, era bastante aburrida y carente de interés, mientras que la de Zara parecía estar llena de intensidad.

Estudié los rasgos de su rostro, las facciones, su lenguaje corporal. Salía mucho con el mismo grupo de personas: seis o siete hombres y mujeres de su edad. Aparentaba no tener pareja, al menos una estable, pero yo sabía de su relación con Julián de la Barca. En resumen, Zara Castell vivía entre la lectura y la escritura, las reuniones con aquellos amigos y los viajes constantes al extranjero o a la playa. ¿Cómo le era posible mantener ese estilo de vida sin tener, al parecer, un empleo fijo? Era lo contrario de mi vida, con muchas carencias no solo económicas, sino emocionales. Fue inevitable no ver esas diferencias.

Miles de seguidores consumían su vida, auténtica o no. Ellos podrán tragarse el cuento. Yo no. La vida real de un escritor no es así. Sufre, no tiene tiempo para tomar fotos ni selfies, para posar con un libro y menos para subir un sinfín de imágenes a las redes por día. Se desgasta, se retuerce en su propia mente, está en otras cosas. A quien escribe en serio se le ponen los ojos rojos de tantas horas frente a la computadora, le arden, se apagan, no como los de ella, los de Zara, siempre frescos y radiantes, lo mismo que su piel. A la mayoría se le acalambran los dedos con el golpeteo sobre el teclado, se comen las uñas o los padrastros; Zara, en cambio, aparecía con la manicura bien hecha. Sus labios hidratados mantenían una sonrisa que no se agotaba nunca. El cansancio no se filtraba en su cuerpo, no marcaba sus rasgos; la desesperación no le ensombrecía el alma. Su intimidad, esa parte oculta de su ser, jamás se revelaba del todo.

Yo no sabía si Zara Castell leía más que yo, si veía más cine que yo o si tenía más amantes e inspiración que yo.

Todo en ella parecía decir que sí.

Pero yo no le creía.

La cara velada de Zara que existía detrás de la exposición pública tenía que estar escondida en algún lugar. Mi mente saltaba entre la certeza de que era una mujer genuinamente talentosa y la sospecha de que se trataba de un personaje muy bien construido.

Poco a poco, nuestras vidas comenzaron a entrelazarse, no estoy segura de si con la naturalidad o la artificialidad de lo inevitable. Flor, quien parecía nunca alejarse por completo, estaría en Nueva York por un tiempo, entonces el camino estaba más despejado. Julián, a pesar de que sus apariciones eran intermitentes, sí representaba un obstáculo.

Zara y yo nos encontramos en cafés, compartimos almuerzos, caminamos juntas en el parque después de sus carreras. Lo que nos hizo más cercanas fueron los anocheceres, horario en el que surgen las confesiones más profundas, territorio donde las palabras y las historias cobran un peso distinto porque se diluyen las barreras. Ella buscaba un oído que la escuchara, una mirada que la comprendiera, y a eso me dediqué yo, con devoción, sabiendo que conocerla era un privilegio, pero también una amenaza.

Un peligro.

Me fascinaba su forma de habitar el mundo y a sí misma. Observaba sus manos en perpetuo movimiento: no podía tenerlas quietas. Entrecerraba los ojos cuando pretendía ser seria; si se estresaba jugaba con su pelo, enredándolo entre los dedos; si había preocupación se mordisqueaba alguna uña. Su risa, nunca estridente sino contenida, no faltaba en nuestros encuentros y era contagiosa. Estudié con minucia las palabras que usaba con mayor frecuencia y detectaba el acento norteamericano al hablar; anticipaba las muletillas que se colaban en su discurso, incluso logré imitar la particular pronunciación de ciertas consonantes.

Un viernes, en un restaurante con luz tenue y paredes de ladrillo que daban al ambiente una sensación de calidez, entre sorbos de cerveza, Zara me reveló confesiones absurdas, casi infantiles, pero curiosas. Odiaba a la gente que conversaba en tono elevado. Le daba miedo encender el horno, aunque apenas cocinara. Admitió su predilección por los hombres rubios, altos y barbados, aunque también por los morenos y lampiños, como si no pudiera decidir entre los extremos. Aborrecía el betabel y los chícharos, pero adoraba los quesos fuertes y, de vez en cuando, se permitía el placer caprichoso de comer chocolates de todo tipo.

Sus gustos, tics y manías eran piezas que intentaba ensamblar, pero, una vez que pensaba que las partes estaban acomodadas, todo se desarmaba y quedaba muy lejos de parecerse a la imagen completa que yo creaba en mi cabeza. Era mejor conocerla por fragmentos.

Porque así era ella.

En su casa, el refugio perfecto, cálido, íntimo, siempre había música, y yo me encargaba de que no escaseara el vino. Anhelaba que me invitara a dormir, pero eso no volvió a pasar desde aquella vez del sushi bar. Zara siempre encontraba la forma de hacerme entender que debía irme. Lo decía de una manera franca; no era brusca, pero tampoco se molestaba en suavizar sus razones. Eran a veces prácticas: «Tengo que ir a correr mañana temprano» o «Debo escribir antes de dormir». Otras, era más directa: «Me urge ver a Julián y comérmelo a besos» o «Flor se queda conmigo hoy». Yo no encajaba del todo en sus rutinas. Nunca me incluyó con sus amigos. Ni en su vida.

Yo fingía que no me importaba. Me despedía con una sonrisa, agregando que también tenía muchas cosas que hacer, escribir, por ejemplo; incluso le decía que no sabía cuándo podríamos vernos otra vez. Pero cada vez podía aparentar menos. ¿Por qué pasaba tanto tiempo con Flor o con sus amigos y conmigo no? ¿Por qué Julián podía llegar cuando quería, irrumpir en su espacio a la hora que fuera? Me faltaba mucho para poder tener un lugar similar a ellos. Yo era un paréntesis entre todas sus actividades.

Una tarde propuse poner la música: había hecho una lista con las canciones que habíamos escuchado desde que nos conocimos. La desgarradora voz de Sinead O'Connor sonaba: «It seems years since you held the baby...». En un arranque de emoción y euforia, cantamos y bailamos sobre los sillones y la mesa, repetimos la canción una y otra vez. La lista siguió, acompañada de varias copas de vino y varias fumadas que le dimos a su pipa eléctrica de mariguana. Después de tanto movimiento nos recostamos y, aunque el cansancio empezaba a mostrarse en forma de bostezos, ninguna de las dos queríamos ceder al sueño. Seguimos platicando, estaba a punto de anochecer.

—¿Ya leíste lo que te mandé de mi bisabuela? —cambié de tema.

Zara suspiró como haría alguien a punto de decir una verdad incómoda.

—No sabía cómo decírtelo. Eugenia, entiendo que la historia de tu familia es importante para ti y que, en cierta forma, ya está escrita. Pero es predecible, y creo que podrías hacer algo mejor.

No pude responder nada. El eco de sus palabras se quedó en mis oídos.

—Los escritos de los antepasados descubiertos por un familiar… son un tema muy frecuentado —siguió—. Hemos visto antes versiones de mujeres que no quieren seguir los moldes de su época. Perdón que te lo diga, pero tu relato es una mala versión de *Como agua para chocolate*.

—Todo depende de cómo lo trate, ¿no crees? No es lo que cuentas, sino cómo lo cuentas —argumenté.

Zara hizo un gesto de desaprobación.

—Sé honesta, Eugenia. Si no fuera tu bisabuela, ¿realmente te interesaría esa historia? No lo tomes a mal. Solo pienso que podrías hacer algo más… original.

«Algo más original». Sus palabras se me clavaron como dagas en el ego. Podría haberle dicho que su novela, con la que se hizo famosa, tampoco era tan innovadora, que ella lo que supo fue venderse, convencer a todos con sus encantos y habilidades. Eso hacen los escritores que no fracasan: no solo escriben bien, sino que convencen a los demás de que son extraordinarios.

Las escritoras no pueden ser colegas y amigas a la vez. Comparten cafés, lecturas, atardeceres, noches de sushi. Pero, en el fondo, son adversarias con un mismo objetivo. Y si eso significa pasar por encima de la otra, no hablar de concursos, permanecer en una guerra silenciosa, que así sea.

Zara se levantó al baño, quejándose de un dolor de vientre. Al darse la vuelta, noté algo inusual. En su pantalón se había formado un círculo rojo, una mancha que se reprodujo, algo desteñida, sobre el sillón en el que estábamos sentadas. Con delicadeza, toqué la marca. Las yemas de mis dedos se humedecieron con la tinta viva de su sangre menstrual. Arranqué la última hoja del primer libro que tuve al alcance y, como si fuera un formato, un acta que llenar o un ritual ancestral, presioné el papel sobre la mancha. Lo hice varias veces y en diferentes puntos, quedaron impresas formas redondas y caprichosas. Doblé la hoja y la guardé en la bolsa de mi saco junto a un tampón que traía conmigo, yo también estaba menstruando.

La regla ocurre de manera simultánea entre las mujeres que conviven durante largos periodos y eso, en cierta forma, las hermana en un lazo invisible. Nuestros ritmos biológicos entrelazados, en sincronía, crearon una comunión, un pacto perpetuo. La verdadera compenetración entre mujeres trasciende más allá de lo cotidiano, de las pláticas, risas, palabras: reside también en la fusión de sus mundos internos.

Llegando a casa, recorté con cuidado las huellas de aquella sangre ya seca y en colores marrones. Sobre cada mancha escribí nuestras iniciales, símbolos indelebles. Las fotografié. El resultado fue una imagen intensa, digna de ser la portada de alguno de mis futuros libros. Bajo mi nombre y el de la editorial, el título estaría plasmado sobre los dermatoglifos: luciría imponente. Para los lectores que se sienten atraídos por el diseño de las portadas, sería una seducción a primera vista.

Yo había cambiado. Las Camelias también. Ahora lucía descuidado, las paredes, antes impecables, mostraban la pintura descascarada en las esquinas, los cubiertos tenían un brillo opaco. El aire estaba cargado de recuerdos añejos y lejanos, el espacio mismo respiraba vejez. Apenas un par de meseros rondaban el lugar, desganados, esperando que terminara su turno para irse. Yo, en cambio, me sentía muy diferente, con mucha vitalidad. Caminaba con pasos firmes, me sostenía erguida. Estaba más fuerte y segura de lo que había estado nunca, mientras que mi alrededor estaba atrapado en un letargo gris.

La vi de espaldas, me detuve para estudiarla de perfil, buscando algo diferente que justificara los cambios en mí. Pero la vi igual. Maia Arzate llevaba suéter y falda negros; acaso la noté un poco más delgada, pero nada más. Sostenía entre los dedos su Benson apagado, lo giraba con la misma impaciencia de siempre. Me fui acercando poco a poco. Sin siquiera saludarme, sacó de su portafolios un fajo de hojas. Puso la mano extendida sobre ellas, como un juez que dicta una sentencia.

Tomé asiento.

—¡Escribiste lo que ha estado pasando! —exclamó Maia, casi gritando.

—Eso y mucho más. Tú misma me has dicho que todos los escritores somos egocéntricos y autorreferenciales, ¿o no? Creación o realidad, aquí tienes lo que me pediste, Maia. No soy yo, es mi personaje. O el narrador, como quieras llamarle —yo misma me sorprendí de mis palabras, de la seguridad que le mostré.

Maia hojeó las páginas, buscando algo, sin saber exactamente qué. Alcancé a ver notas al margen con su letra y subrayados con marcadores fosforescentes.

—¿Crees que contando lo que te pasa o le pasa a tu protagonista vas a sacar una buena novela? Si toma alcohol, si camina por la ciudad sin destino fijo; su escasez creativa, los tibios encuentros con su amiga o novia o lo que sea… —expresó Maia.

—Yo solo escribo sobre lo que sé —dije, haciéndole una seña al mesero—. Un whisky en las rocas, por favor.

Maia se calmó.

—Tengo que admitir que no está nada mal lo que has hecho. Al menos cambiaste de nombres y modificaste datos importantes, pero yo reconocí casi a todos. La historia empieza cuando te llamo, te cito en este mismo lugar y te invito al Aquelarre, que ahí lo llamas concurso Tinta oscura. Tu historia llega hasta la semana pasada.

Maia dejó el manuscrito sobre la mesa.

—Dime una cosa —continuó con extrema seriedad—, ¿vas a replicar esta conversación en el siguiente borrador? ¿A describir la comida que vamos a ordenar, la forma en que estoy vestida, la canción que está sonando en este mismo segundo?

—Buena idea —respondí con ironía.

Maia no ocultó su malestar. Lo noté en su voz, en la forma en que fruncía el ceño, en la boca seca. Era evidente la ansiedad con la que jugaba con el cigarro; la mirada desorientada. No hice el intento de explicarle que eso era precisamente lo que yo buscaba, que lo que me interesaba era la trasposición de la realidad y de las cosas que ocurrían. Sí, la novela empezaba con ella y yo en este mismo restaurante hace meses, hablando sobre Madrigal y la propuesta de que participara en el concurso Aquelarre.

Maia interrumpió mis pensamientos.

—Eugenia, tu idea de copiar la realidad es buena —admitió—. Pero no veo un conflicto. Parece un relato de amor o de amistad, del proceso de escribir, de una relación ambigua, qué sé yo.

—¿Y eso está mal?

—Para una novela policiaca sí. El género exige crimen, investigación, misterio, persecución. Delito. Sangre. Tú ya sabes todo esto. ¡Lo que quiero es un *thriller*!

Mi método «aristotélico» no había sido del todo eficaz. Solo había expuesto los conflictos del personaje con el hecho de escribir y la relación con su editora. No le di un nuevo orden a las cosas ni las reinterpreté.

Punzadas de frustración comenzaron a golpear mis sienes.

—Piensa como criminal, Eugènia, muévete como asesina, vive como si acabaras de cometer un acto terrible. ¡Si es necesario, mata a alguien!

El tintineo de los hielos en los vasos que trajo el mesero se escuchó como una advertencia.

—Métete en la piel de tus personajes, ponte en sus zapatos y camina sobre ellos. Siente, piensa, respira, come como asesina.

Quería hacer de mi novela algo diferente, a la De Quincey: un asesinato elegante, estético, elevado a la categoría de arte, que la excelsitud de su imperfección se convirtiera en perfección. Según él, no todos los crímenes son iguales. Unos son vulgares, otros torpes, otros sin premeditación. Pero hay otro tipo de asesinatos, de los que De Quincey habla. Son los que tienen una simetría perfecta, que son precisos y calculados. Yo buscaba algo así para mi libro: con estilo, que doliera, que dejara marcas, cicatrices; que salpicara al lector de sangre, que le hiciera sentir la herida abrirse en su propia piel.

¿Cómo hallar la pieza clave para una trama convincente? ¿Entrevistar a un criminal, como hizo Truman Capote en *A sangre fría*? Capote desentrañó la mente de Perry Smith, sus obsesiones. Me imaginé frente a un asesino real, escuchándolo sin pestañear mientras me narraba los detalles de cómo le arrebató la vida a alguien, sin quitarle la mirada durante la brutal confesión. Podría releer a Agatha Christie, como sugirió Maia alguna vez, y poner atención en la forma en que construía los crímenes o sumergirme en alguien más contemporáneo, como Stieg Larsson, en la crudeza en su violencia y las descripciones de los horrores de la sociedad. ¿Encontrar en los periódicos un caso de la vida real? Las notas rojas ofrecen a diario tragedias, desapariciones, feminicidios, crímenes pasionales. La novela de mi bisabuela no me servía; era otro tema que quizás me serviría para después.

Nada de eso me bastaba. Nada me impactaba lo suficiente. Y tenía que ganar el concurso Aquelarre.

A como diera lugar.

En la estructura del crimen perfecto en la literatura hay patrones. Las muertes más impresionantes no son aquellas que ocurren de forma abrupta, sino las que se preparaban antes, con detalle y precisión. El autor de una novela de ficción no es culpable ni responsable de los hechos que relata, sino de si su obra literaria está bien escrita o no, si desde el punto de vista artístico logra su cometido dentro del género en que se inscribe.

Nuevamente me enfrentaba con lo básico: buscar la historia de un crimen. El personaje, sin embargo, ya lo tenía. Lo esencial era el nombre y la apariencia, edad, contexto, su forma de hablar y de vestir. Sus motivaciones y conflictos, la interacción con los demás. Era verosímil, ambicioso, inseguro, con pasiones tan humanas como las mías. Incluso era tan ordinario como yo. Me sumergí en la protagonista.

Las luces de su habitación se encienden a las 5:50 de la mañana, en punto, con exactitud, sin fallar un solo día de la semana, sin margen para la improvisación. Varios minutos después, la puerta de su casa se abre y aparece. Activa el reloj en su muñeca: marcará los kilómetros. Es un gesto automático, la jornada no puede empezar sin ese clic. Ha repetido esta rutina cientos de veces. Corre por aquella razón que jamás repetiría en voz alta. Corre con la exactitud de quien conoce las calles, cada esquina, cada árbol, la iluminación, las grietas del pavimento, las sombras que permanecen unos minutos más que las otras. La ciudad le pertenece en esos momentos. Marcha como un animal en su hábitat, fundido en una hora incierta, en la que la noche no se ha ido, aún persiste, el día no ha llegado, sin embargo, ya se asoma. Avanza unas cuadras, llega hasta el parque, lo rodea. Unos metros antes de regresar se detiene, estira brazos y piernas, como un ritual necesario para la transición entre el afuera y el adentro. Ya en casa, procede con las acciones acostumbradas. Agua. Café. Azúcar sin calorías. Movimientos precisos. Desaparece en el baño por unos minutos. Al volver a la escena, viste solo calzones y una camiseta amplia. Se sienta en el sillón; la taza aún humeante está entre sus manos. Toma un sorbo, luego otro; la bebida le entibia el alma y el cuerpo. A veces, llama a alguien. Sus amigos. Sus padres, tal vez. Nunca más de diez minutos. Nunca demasiado.

Desayuna una fruta. A veces avena. A veces nada. Sin embargo, su cuerpo, con tan poco combustible, se sostiene. Merodea por la casa, distraída, como buscando algo que no quiere encontrar. Se sienta frente al monitor. Teclea. Frunce el ceño. Hojea un libro, subraya algo, toma una foto. Mira la pantalla, se pierde en ella y en sus pensamientos. Algo destraba su mente, comienza a escribir sin interrupciones.

Se levanta de nuevo al baño. Se sirve agua con hielos en un vaso alto de metal. Vuelve al sillón, se envuelve con una frazada, quiere sentirla como si fuera un abrazo. Bosteza. Pone el cronómetro. Veinte minutos. Toma una siesta, no es un sueño profundo, sigue alerta. Algo vigila incluso en la inconsciencia.

Se despierta.

Escribe.

¿Así es cómo le llegan las ideas, la inspiración? ¿En una vida tan contenida? En un espacio pulcro, rodeado de objetos, muebles y cuadros dignos de una revista de diseño. Sin caos visible. Sin fisuras aparentes.

No todo es así. Hay vicios ocultos. Antes de las tres de la tarde se ducha con agua muy caliente y se viste. Si sale, deja la computadora encendida, como si las historias la estuvieran esperando en pausa. Camina hacia el supermercado local, regresa a casa con las compras: productos orgánicos y saludables. Al fondo de la bolsa, hay chocolates y dulces. Los come en secreto, los devora.

Se arrepiente.

Los fines de semana recibe a sus amigos. Siempre los mismos. Siempre la misma música: Pulp, The Smiths, Soda Stereo. Sueñan con formar una banda; nunca lo harán. Pasan la tarde hablando, bebiendo, interrumpiéndose; los gritos desafinados y las carcajadas se cuelan por las rendijas de las ventanas, retumban hasta la calle. Son salvajes, son tiernos, son todo para ella. Son los que le regalan esos momentos en los que es verdaderamente feliz. Yo, salvo Efrén y Susana, nunca he tenido un grupo así de cercano. Con ellos ríe, se relaja, es espontánea, desenfrenada; su expresión es diferente a la que tiene cuando está con otras personas. Con su pareja no tiene la misma actitud relajada; su rostro se tensa porque sabe que vienen discusiones y batallas, pero también la entrega inevitable. Como si la pasión y el deseo necesitaran tormentas y provocaciones para arder.

A las dos de la madrugada, como máximo, despide a sus amigos. Empieza a inquietarse, la noche le marca los límites, como si esa alegría tuviera que ser erradicada antes de descontrolarse. Recoge. Limpia. Lava. Cada objeto regresa a su lugar exacto. Ya no hay rastros de que alguien estuvo ahí. Apaga las luces. Termina la coreografía. El silencio y ella regresan a su perfecta y predecible vida «en la ciudad de la furia».

¿Escribía una historia o la estaba descubriendo?

El personaje real se convertía en ficción.

Y, en la ficción, era cada vez más real.

Mi libro se estaba escribiendo a sí mismo y mi prosa fluía cada vez mejor.

Las redes sociales son un escaparate: solo muestran lo que se quiere que los demás vean. Sonrisas congeladas, brindis fugaces, kilómetros como testimonios de lo recorrido. Pero el miedo no se postea en Facebook. Las carencias no se corrigen con los filtros de Instagram. Las obsesiones no aparecen en X. Los cuerpos cansados, imperfectos, son eliminados. Lo que duele queda fuera del encuadre, lo que desvela no tiene lugar en las fotografías, lo que pesa se edita.

Un viernes, llegó Julián de la Barca mientras Zara y yo estábamos en la cocina. El timbre sonó de golpe. Zara, con el cuchillo en la mano, me hizo una seña de que me mantuviera en silencio.

—Shhh... —Puso el dedo índice sobre su boca, con una mirada alerta.

El timbre sonó varias veces más, con insistencia. Las luces seguían prendidas, la música aún sonando. Era evidente que había alguien en casa, aunque Zara se empeñaba en fingir lo contrario.

—Es Julián —gesticuló.

Lo imaginé al otro lado de la puerta, con la certeza de que estaba siendo ignorado. Zara exhaló.

—No va a irse.

No sé si lo dijo con resignación o con ganas de que se quedara. Le subió a la música.

Me fui a su habitación, me mantuve en el borde para observarlos desde ahí.

Ella abrió la puerta, de mala gana. El hombre sostenía un ramo de gardenias. Las flores equivocadas. Entró tambaleándose un poco. No pude entender bien lo que le decía a Zara, pero estaba siendo agresivo. Algo le reclamaba. Zara lo fue guiando hasta la puerta, pidiéndole que se fuera, tratando de ser paciente. En un movimiento rápido, lo empujó. Julián casi se cae. No pudo contener la rabia y empezó a golpear la pared; siguió gritando. Me dirigí hacia él.

—Lárgate de aquí —le ordené, enérgica—. O le hablo a la policía.

Me miró, enojado; luego a mi amiga. Y después se fue.

Al día siguiente, Zara subió una fotografía a sus redes: había corrido veinticinco kilómetros en un tiempo récord. Parecía estar orgullosa, satisfecha. Enseguida posteó la imagen de su taza de café. El mensaje: «Let it be». Estaba segura de que en ese momento estaría tarareando la canción desde su celular o las bocinas. La escuché en mi mente, la voz melancólica de John Lennon junto con la de mi amiga.

El resto de la jornada Zara mantuvo su rutina. Escribir. Agua. Siesta. Hasta que regresó Julián. Lo supe porque lo vi llegar en el mismo momento en el que yo fui a visitarla sin aviso previo. Los observé desde el otro lado de la calle. Él tocó la puerta, Zara abrió. Se abrazaron con urgencia, lo dejó entrar. Desde donde estaba pude ver por la ventana cómo se besaban con intensidad, desbordados. Julián le quitó la blusa, desabrochó los botones de su pantalón con movimientos rápidos. Ella hizo lo mismo, tocándolo con ansiedad. La cargó sin esfuerzo, como si no pesara nada y la subió a la mesa; ella arqueó la espalda y dejó caer la cabeza hacia atrás mientras él la recorría con la boca, desde debajo del abdomen hasta el cuello. Zara le arañaba la espalda, hundía las uñas en sus hombros. Me distrajo una mujer que paseaba con dos perros en la acera. Empezaron a ladrarme. Ellos se detuvieron. Se fueron desnudos hacia la habitación.

Esperé hasta que se abrió la puerta de la entrada. No hablaron, no se volvieron a besar. Julián le acarició la mejilla con el dorso de la mano y se fue. No sé si era una despedida o una forma de aferrarse más.

Zara levantó la vista. Sacó su celular. La última imagen del día que Zara compartió en sus redes: la luna llena de invierno, acompañada de un fragmento de «Satellite of love», de Lou Reed.

Le mandé un mensaje.

—¿Puedo verte? Estoy cerca de tu casa.

Ella no sabía qué tan cerca.

Aceptó. Me recibió con los ojos tristes.

—¿Qué pasó?

—Rompí con Julián. Definitivamente.

No tenía sentido lo que me estaba diciendo, pues se suponía que no estaban juntos.

—Y ni siquiera éramos novios ni nada formal —añadió, como si hubiera leído lo que yo estaba pensando—. ¿Cómo alguien puede llegar a esos niveles de celos tan enfermizos?

—Tienes que cuidarte, Zara, ese tipo de hombres nunca se dan por vencidos. Nunca. ¿Has pensado en denunciarlo por acoso?

—No quisiera llegar a eso. No es para tanto —respondió afligida.

—Julián me ha estado llamando. No sé cómo habrá conseguido mis datos, ¿o tú se los diste? —comenté falsamente.

Levantó la mirada de golpe, sorprendida.

—¿Qué dices?

—Me buscó con el pretexto de enviarme su ensayo sobre Bombal, que ni siquiera me interesa. Quería saber de ti, me preguntó todo, que si estabas saliendo con alguien.

Sus facciones se endurecieron. Nunca había visto esa expresión, esa molestia prensada en el ceño, en medio de sus ojos.

—Si quieres lo bloqueo —agregué.

—Me da igual. —Alzó los hombros.

Se recargó contra la pared. En ese momento pareció que había acumulado kilómetros de cansancio. Detrás de su aparente fortaleza, había temor.

—Tú sabes que hay tipos que pueden llevar los celos hasta situaciones extremas —le advertí.

—Julián está bajo tratamiento psiquiátrico. Para tratar sus adicciones, de nuevo —confesó.

Noté la aflicción en Zara. El futuro era desolador para Julián, quien, una y otra vez, recaía en el alcohol y en las drogas. La amenazaba con lanzarse a las olas, algún día, tarde o temprano; ella se enojaba con las advertencias, no porque no le creyera, sino porque sabía que era capaz. Pero también le hablaba de amor; del territorio solitario que habitaban juntos en un universo a punto del Big Bang; de cuando estaban en la cama y todo quedaba reducido a Julián y a Zara, a un hombre y a una mujer que sabían regresar al origen. Sin embargo, a veces se trataban como a unos desconocidos. Sus palabras eran elíxir, también metrallas de violencia. Zara lo amaba, lo odiaba, pero también le temía. Le dolía, se dolían juntos. Quería rescatarlo del mar, para luego dejarlo ir.

Él la quería desde el caos y la ingobernabilidad. La magia del adicto es que sostiene su mundo con alfileres, apenas, pero lo sostiene.

Hasta que colapsa.

—Si tuvieras que matar a alguien, ¿cómo lo harías? —me preguntó Zara una vez.

—Depende. ¿Alguien conocido o al azar? —contesté casual.

—Da igual, pero que nadie sospeche. Yo creo que hay que encontrar a la víctima adecuada en un lugar y hora adecuados. Ya sabemos que en este país no todos los crímenes terminan por ser resueltos. ¡Dime! —insistió.

—No sé, pero sería algo poético, limpio, lleno de significados —le comenté.

—*To kill or not to kill, that is the question* —pronunció con su inglés perfecto, levantando la mano, simulando que en ella reposaba una osamenta.

—*To write or not to write…* —añadí yo.

Julián había quedado de pasar por Zara para hablar. Habían discutido en la madrugada. Ella había estado con sus amigos y no le contestó el teléfono. Era una escena tan predecible y repetitiva que hubiera podido adivinar la discusión.

Me pidió que la esperara, iban a ir a hablar a un café cerca, no tardaría.

—Esta vez no tengo nada que decirle. Voy a escucharlo.

—¿Qué es lo que quieres oír?

—No lo sé —respondió sin ganas, hundida en el sofá, agotada por una conversación que ni siquiera había empezado.

El discurso de Julián iba a ser el mismo de siempre, lleno de reproches para hacerla sentir culpable. Por otro lado, una nueva falsa promesa de que dejaría de beber y de que esta vez sí era en serio.

—Ojalá tuvieras un poco de orgullo, Zara —le solté, sabiendo el peso de mis palabras.

No respondió.

—Te veo en un rato. ¿Vamos a algún bar?

La espera se iba a hacer larga. Sabía que esos minutos iban a convertirse en horas. Me puse a deambular por la sala, hojeando uno que otro libro, sin mucho interés. Noté algo raro: la foto familiar que siempre estaba en la repisa no se encontraba allí. Un vacío extraño habitaba ese lugar, una ausencia cuyo silencio se sentía presente.

Me senté a la mesa. Entendí por qué la usaba como escritorio; no era un lugar para cenar o desayunar, pues ella casi no comía y, si lo hacía, era de pie y rápido, cualquier cosa, en todos lugares menos ahí. Solo la despejaba cuando tenía invitados, colocaba platos, manteles, cubiertos, como si de esa forma pudiera sentir que esa superficie servía para algo más. Estaba llena de papeles, un par de tazas con café frío, plumas y lápices. Un leve desorden, no usual.

Me acomodé como ella lo hacía: apoyé los brazos sobre la madera, subí una pierna sobre la silla. Mis manos encontraron el teclado. Lo acaricié imitándola, con una delicadeza casi etérea, los dedos flotando. Las yemas rozaron apenas las letras, se deslizaban, como si temiera romper la frágil cadencia donde ella y la máquina dialogaban.

Al tocar la pantalla, se encendió. La luz me cegó por unos segundos, mis ojos tardaron en ajustarse al reflejo. El fondo de pantalla era una imagen del mar golpeando unos acantilados; el cielo estaba pintado de un gris tempestuoso, las nubes blancas como espuma efervescente. En un extremo, una bandera de Inglaterra se agitaba con el viento, la tela ondeaba con fuerza. Me imaginé que era el anuncio de un trágico destino.

En la pantalla había varias carpetas, algunas con nombres genéricos como «Fotos», «Ensayos», «Poemas». Un archivo se titulaba «Muerte sin fin», como el poema de Gorostiza. Contenía frases sueltas y pensamientos dispersos, párrafos espaciados. Eran de Zara, sin duda, pero había algo distinto que arañaba los bordes de mi memoria. Algunas palabras hicieron ruido dentro de mí, resonaban sin que pudiera precisar por qué. Algunos segmentos me resultaron familiares, pero no reconocía la voz, era difusa. Parecía estar esbozando una trama; describía personajes sin nombre, con algunas características comunes, muy generales. Siluetas sin rostros definidos; época decimonónica. Una casa con varias habitaciones, un amplio campo verde, podría ser cualquiera o ninguno. Por mera curiosidad hallé mucho y, al mismo tiempo, nada en concreto, como un sueño en el que se alcanza a ver y a vivir lo que nunca pasó. Me mandé una copia por correo.

Zara estaba por llegar. Le dejé una nota breve, sin explicaciones.

«Tuve que irme. Nos vemos luego».

Efrén, Susana y yo nos vimos en un café cerca de la facultad, al que íbamos con frecuencia en las épocas universitarias, cuando éramos otros, Los últimos románticos, y nos sentíamos invencibles. En ese entones el futuro era una promesa; hoy, incertidumbre.

Llegué temprano. Pedí tres cafés, como nos gustaban antes, y los coloqué sobre la mesa, formando un triángulo perfecto. Uno para Susana, uno para Efrén y otro para mí. Las tazas alineadas a imagen y semejanza de cada uno de nosotros. Mi pulso se aceleraba conforme pasaban los minutos: esperaba emocionada el gran reencuentro.

Los vi acercarse, venían tomados de la mano. Avanzaban con la complicidad natural de las personas que lo comparten casi todo. Algo los hizo detenerse, como si los frenara una barrera invisible, como si ellos también sintieran lo que yo sabía: ya no éramos los mismos, entre ellos y yo había una brecha imposible de obturar. Efrén se había cortado el pelo y estaba más delgado. Bajo sus ojos se acumulaba el cansancio, sin embargo, cuando me miró, algo le iluminó las pupilas. El abrazo fue prolongado, su calor me atravesó los huesos, yo permanecí rígida, sin poder devolverle nada. Habían pasado meses desde aquella visita en su estudio; tenerlo de nuevo tan cerca me resultó extraño.

—Eugenia, la de siempre, la de nunca —susurró en mi oído.

El peso de esa oración me cayó encima. Igual que el café sobre la mesa cuando me moví.

Susana se mantuvo unos pasos atrás, observándome. No era timidez, era un movimiento calculado que me desconcertaba. Cuando por fin se acercó, lo supe. No sé si lo leí en su rostro, si hizo una expresión nueva y distinta, o si simplemente lo intuí con esa certeza que precede a las derrotas.

Tomó mi mano y la colocó sobre su vientre. Sentí un vacío en el alma, algo me perforó el pecho. Me quedé muda, atrapada en una pausa. El escalofrío fue inmediato. La piel se me erizó y sentí que no podía mantenerme en pie.

—Estoy segura de que va a ser niño. Una copia de Efrén, pero en chiquito. —Al terminar la oración, lo besó en los labios.

El líquido en mi boca se tornó más amargo.

No supe qué pasó en la mesa durante la hora siguiente. Ellos hablaban con voces amortiguadas y lejanas, gesticulaban de una forma que parecía ensayada; yo solo veía el movimiento de las bocas, los pómulos, las cejas levantarse. Sonreían. Efrén le acomodaba el pelo a Susana con ternura, ella le hacía caricias en la mano mientras me seguía platicando. No retuve nada de lo que dijeron, o más bien no lo quise recordar.

—Cuéntame. ¿Metiste al concurso la novela que estabas escribiendo? —preguntó Susana, interesada.

—No la terminé a tiempo —respondí.

No pude mentirles. Era verdad. Mi novela estaba inconclusa, contaba una historia, jugaba con la realidad y eso era interesante, pero le faltaba la pieza clave imprescindible para las novelas negras. Quizá algo similar a lo que le ocurrió a la bisabuela, quien tampoco pudo poner un punto final. Maia no me lo perdonó, pero yo sabía que mi participación no era tan importante: había muchas otras escritoras, y muy talentosas, como Zara.

Observé que una taza, la mía, estaba lejos de las otras dos, que permanecieron a unos centímetros entre ellas. Era un detalle insignificante, pero para mí fue una muestra visual de que yo ya no pertenecía a ese conjunto. Estaba fuera: Los últimos románticos ya no existían más.

Susana iba a tener el hijo que yo nunca podría tener con él ni con nadie. Parte de sus genes estaban ahora dentro de ella y conformarían a un ser humano hecho de los dos. Mi interior, en cambio, estaba lleno de vacíos. Estaba destinada a la esterilidad en todo cuanto hacía.

Al despedirnos, Efrén sacó el teléfono y tomó una selfie de los tres.

Yo salí fuera de foco.

*Mi bisabuela asesinó a su marido, después de apenas cinco años de casada. Lo hizo antes de que anocheciera, cuando los pájaros anunciaban con su canto crepuscular que el día se acercaba a su fin, como la vida de él.*

Así inicia la novela. Desde las primeras líneas, se muestra el misterio y la intriga. El lector se sumerge en un enigma construido con mucho cuidado; hay un asesinato que abre una pregunta esencial: ¿por qué fue precisamente el esposo de la protagonista quien debía morir? La tensión es palpable y mantiene la expectativa. La obra está escrita en tercera persona del singular. El narrador omnisciente extradiegético nos sitúa en una época fascinante (finales del siglo XIX y principios del XX) y ofrece una perspectiva social, política y cultural del México de entonces. No se menciona el lugar exacto: da la posibilidad de que sea cualquier lugar de la república. Los nombres de los personajes son atinados por lo que significan.

*Los tonos dorados del sol se despintaban sobre el paisaje. Pronto, todo sería un oscuro y solitario escampado. La temperatura descendía, pero Pilar no tenía frío. Al contrario, sudaba. Severo estaba ahí con el cigarro entre los labios secos, escupiendo el tabaco de cuando en cuando. El llorasangre sobre el que se recargaba hundía sus raíces en la tierra. Las grietas de la corteza parecían cicatrices.*

Hay simbolismos interesantes en la narración, en la que la naturaleza sirve de escenario y testigo. El árbol llorasangre, por ejemplo, no es un mero decorado exótico de la región, sino una representación del destino de la protagonista, metáfora del ciclo de vida y muerte. Los paisajes, el campo, la atmosfera le dan una densidad a la novela que la hace distinta a otras novelas de crímenes.

*—Ven —le dijo la mujer.*

*Severo se acercó. Lo abrazó y lo besó. Su aliento le revolvió el estómago: alcohol agrio, saliva espesa. El bigote le raspaba las mejillas. Deslizaba las manos bajo la falda, ásperas, brutales, como siempre. Pero esta vez ella no iba a quejarse. No le convenía.*

*El cuerpo parecía flaquear. Tomó aire. Encontró fuerza en algún rincón de sí misma, no supo de dónde. Y siguió.*

El personaje principal se desarrolla de manera sólida. Es el eje de la historia pero también un caleidoscopio por el cual se despliegan sus obsesiones y dilemas morales, lo que justifica el desenlace. El lector avanza de la mano junto con la protagonista, pudiendo penetrar en su mundo interno. Las descripciones son precisas, evocadoras sin caer en el exceso; no se abusa de los diálogos, no interrumpen ni dispersan la atención. El ritmo se mantiene, así como la tensión hasta el último momento.

*Pilar cerró los ojos, no toleraba tenerlo cerca.*

*—Espera. Pásame el tequila —murmuró ella.*

*Severo gruñó algo ininteligible, le alcanzó la botella. Pilar bebió un sorbo largo, más por necesidad que por gusto. No era sed; era valor lo que buscaba. Él le dio un trago y eructó. Ella debía controlar la repulsión. Severo se inclinó de nuevo sobre la mujer.*

*Sintió su sexo erecto en las piernas; con una mano lo tomó para guiarlo, con la otra hizo a un lado los calzones. Lo sintió dentro, cuando lo único que deseaba era expulsarlo. La voz ronca en su oído le retumbaba en la conciencia; el odio y el desprecio aumentaban.*

*Temía que sus gestos de rechazo la delataran.*

*Tormenta, la yegua, estaba nerviosa y rezongaba.*

La narradora hace un retrato visceral de la protagonista, reflejo del conflicto interno que desenlazó en un acto definitivo: el asesinato. Cada elemento tiene un propósito, nada queda suelto.

*Pilar aprovechó para empujarlo con todas sus fuerzas. Él cayó sobre el suelo, confundido, intentaba incorporarse.*

*La escopeta estaba detrás del tronco, la había escondido ahí por la mañana. La tomó rápidamente. Los brazos le temblaban, sentía el peso del arma, la tensión, a pesar de haberla utilizado antes un sinfín de veces.*

*Un disparo, uno solo, grave.*

*Un estallido, un eco, y luego nada.*

*Después vino el silencio.*

*Él murió al instante. Ni un grito, solo un suspiro ahogado.*

Contiene la fórmula de las buenas novelas policiacas. No solo se trata de desenmascarar al asesino, sino de entender los motivos que lo llevaron a cometer el crimen, sin volverse predecible.

*Pilar se mantuvo de pie frente al cadáver. Las botas de cuero parecían sumergirse en la tierra, como si quisiera tragársela. El cuerpo quedó debajo del llorasangre; el tronco lesionado secretaba savia espesa y rojiza que corría por la corteza. Se sentía mareada, apoyó la mano en la madera húmeda. Aquella sangre no era del árbol.*

*Allí, hacía muchos años, habían grabado sus iniciales con la navaja que ella siempre traía consigo; de ambas letras emanó el líquido que sellaría la tragedia escrita mucho antes de ese atardecer. Los obreros decían que el árbol había nacido de la muerte de un hombre, ahí mismo. Ahora otro yacía bajo la sombra.*

El relato y sus componentes encajan en la estructura clásica del género negro.

*Las hojas secas sobre la tierra crujieron cuando dio unos pasos hacia él. Necesitaba comprobar que ya no respiraba. Había usado esas mismas hojas tantas veces para tratar los males del corazón que desde niña la aquejaban. Las hervía, las endulzaba con caña y bebía una taza en las noches de luna llena. Pasó mucho tiempo para que entendiera que no era una enfermedad cardiaca lo que la atormentaba. Era desamor.*

*Tragó saliva, le supo tan amarga como el brebaje.*

*Lo miró por última vez, recorrió el cuerpo inmóvil. La cabeza hacia un lado, los brazos abiertos, las piernas rígidas. No le dijo ni una palabra, no se despidió. No hubo arrepentimiento.*

*Caminó firme hasta donde la esperaba Tormenta. De un solo impulso se montó al animal y apretó los muslos.*

*La yegua obedeció al instante, elevando las patas delanteras, relinchando, ansiosa. El aire fresco le golpeaba en la cara; volaba sin alas en una libertad absoluta. Pilar galopaba con furia, como quien no tiene nada que perder.*

*Conocía bien los atajos, caminos y veredas de cada una de las miles de hectáreas de la hacienda. Sabía en qué partes crecía más alta la hierba, dónde estaba seca la tierra, dónde se atrapaba el lodo detrás de la lluvia.*

*Anochecía. Con el paso apurado tomó la ruta más corta que la llevaría directo a la casa principal. Al bajar, la tierra tembló. Ella también.*

*La esperaban para la cena, a la hora de siempre, con la mesa puesta en el comedor principal. Olía a caldo hirviendo, a especias, a normalidad. La vajilla para tres estaba reluciente. El lugar de Severo se sintió más vacío que nunca.*

*Sirvieron gallina al vapor con verduras recién cosechadas en el huerto, el postre fue una pera al vino tinto que había dejado marinar horas atrás.*

*—¿Y padre? —preguntó la hija, la única.*

*—Parece que otra vez no vendrá a acompañarnos. Cómete las zanahorias.*

*Pilar no tenía hambre, la náusea se le subía hasta la garganta. Quiso levantarse de la mesa, no podía permanecer ahí, en esa quietud impostada. Se obligó a comer un bocado. Tenía que mantener la compostura, disimular ante la servidumbre. Sin embargo, los criados conocían bien las grietas y los agujeros del matrimonio que Pilar misma intentaba disimular. Esta vez el hueco era demasiado grande. Fingir era una herencia más valiosa que la hacienda, que las cabezas de ganado, que las joyas.*

La novela, en definitiva, es una historia de misterio que muestra los dramas más trágicos y profundos de la condición humana.

*Tres días después hallaron el cadáver. No fue difícil suponer que había muerto a manos de uno de los obreros, debido a un ajuste de cuentas. Demasiados agravios acumulados, años de explotación. Demasiadas advertencias ignoradas*

*A los pocos meses, Pilar abandonó la hacienda. Dejó una historia que ya no le pertenecía, pero que perseguiría a las futuras generaciones hasta ser contada, siglos después. Sin mirar atrás y sin remordimientos, Tormenta y Pilar, con su hija montada detrás de ella, galoparon por un sendero con distintos caminos a elegir.*

Mientras Pilar y su yegua se pierden libres en el horizonte, yo, Eugenia Cuevas, permanezco atada al árbol de la frustración y la imposibilidad, llorando sangre.

# Tres

Abres la puerta. El aire tibio del departamento te envuelve. Te quitas el abrigo y los guantes. Se saludan con un abrazo, el roce de las mejillas es superficial, apenas un roce; sientes el calor de su cuerpo recién bañado. Aprovechas para acercarte más, mantener tu rostro cerca del suyo, aspirar el olor del champú impregnado en el pelo todavía húmedo. Te dan ganas de deslizar las manos entre esos mechones, que algunas hebras se enreden entre tus dedos y te quedes con un pelo o dos, como prueba de ese instante. Le entregas las flores, casablancas, por supuesto, y ella sonríe, complacida.

—¿Cómo sabes que son mis favoritas? —te pregunta, emocionada.

—Pongo atención a los detalles —respondes, guiñándole un ojo.

Ella te regala uno de sus libros, como lo había prometido. Lo tenía listo para ti, sobre la mesa, dedicado. Lo que ella no supo, lo que nunca imaginó es que ya los habías leído todos. No solo una vez, sino varias. Memorizaste párrafos completos, analizando su prosa, su uso del lenguaje, el distinto sentido que le otorgaba a las palabras, los giros que empleaba. Detectaste en qué momento le gustaba sorprender al lector, ponerlo en suspenso; cómo convertía lo cotidiano en misterio. También has detectado sus errores, las repeticiones, las ideas que no termina de cuajar y quedan volando, las descripciones innecesarias con las que rellena los huecos de su desesperación. A través de su escritura penetraste en su mente, recorriste sus miedos, diseccionaste sus obsesiones y debilidades. Aun así, siempre fue un enigma.

Y aun así pudo engañarte.

Aunque ya habías estado ahí antes, hoy observas el espacio con una atención diferente. La luz tenue, los estantes llenos de libros, los cuadros, el retrato familiar faltante, el reloj de pared que avanza con un ritmo sereno. Todo en su sitio, en un orden exquisito, combinado a la perfección, una armonía construida con esmero. Parece un escenario. Mientras Zara coloca las casablancas en un jarrón de cristal, te detienes en su rostro. En su sonrisa hay algo oculto, algo que siempre se te ha escapado, un gesto que no has podido descifrar. Ese matiz es más intenso después de ciertas frases dichas con ironía; luego ese destello se extingue cuando calla en un silencio deliberado, como si cerrara una ventana antes de que alguien pueda asomarse o no abriera las cortinas de una obra de teatro lista para ser representada. Esta noche tiene una expresión cálida y fría a la vez, la ambivalencia que la distingue. Su mirada puede ser tan tierna como la de una niña o tan afilada como una navaja.

Una ráfaga de viento helada se filtra por algún rincón. Giramos hacia la ventana, observamos los últimos reflejos de aquel día que está por terminar: se diluyen en sombras. Le pides que se siente a la mesa que ella puso con antelación. Tú te harás cargo de preparar la cena, le habías advertido que ella no se preocupara por nada. Obedece, confiada.

La escena es tal como la imaginaste y como la escribiste después. El mantel blanco extendido; la vajilla para dos, acomodada con pulcritud. Platos, cubiertos, dos copas, dos vasos, servilletas de tela, velas.

Y ella.

Enciendes la bocina. La música inunda la sala con la primera canción de la lista que creaste especialmente para esta noche.

Leonard Cohen, «Hallelujah».

Zara sonríe.

Y canta.

Aleluya.

Vas a la cocina, te pones el delantal para no ensuciarte, además de que eso le da a ella una sensación de orden y pulcritud. Todo está casi listo. Cortas el filete de res con los cuchillos especiales que llevaste, afilados, precisos, además de los ingredientes y demás cosas necesarias para cocinar. Marinas la carne con hierbas finas; sellas los dos trozos en la plancha por ambos lados, un leve chisporroteo emerge de los bordes; queda jugosa y roja en el dentro, como a ella le gusta las raras veces que rompe con su no tan estricta dieta vegetariana. Te asomas, está distraída, mirando a la nada. La ensalada es sencilla: lechugas fresas con aceite de oliva, limón, pimienta y sal. Sin complicaciones para alguien inexperto en lo culinario, como tú. Sabes que no necesita más, que incluso casi no va a comer.

Llevas los platones a la mesa. Descorchas un tinto que habías elegido días antes en la vinatería cerca de casa. Serafín lo recomendó.

El ambiente es ideal. Nada sobra, pero algo falta.

—Felicidades por el premio Aquelarre, Zara.

Suena el choque de los cristales; es nítido, fino. Ella guarda silencio. No hace ni un solo gesto, nada la perturba. Tu amiga, la actriz, la experta en fingir.

—Esta cena es también por la lealtad y la amistad —añado.

Zara actúa como si nada, incluso notas que está relajada. Ni un ápice de hipocresía se asoma en sus ojos.

Apenas prueba bocado, pero bebe, y demasiado. Tu visión se estrecha, es un efecto túnel que reduce el espacio a lo que tienes enfrente: ella y la copa que sostiene temblorosamente entre sus dedos. El resto del lugar se desvanece. No pones atención a lo que te está diciendo, no le encuentras significado. Algo comenta de Maia, de un viaje a la playa que hará pronto. Tú solo la miras.

Sabes que el alcohol le entra rápido al cuerpo, le enciende las mejillas, le suelta la lengua. Resiste muy poco, aunque se jacte de ser una excelente catadora. Te obligas a escucharla. Te cuenta que esa mañana salió a correr a pesar del frío, a pesar de la resaca. Sí, la viste festejar la noticia del Aquelarre, como celebra todo en su vida, todos los días, a todas horas: con el celular registrando cada minuto. Tienes aún las imágenes frescas en tu mente. Salió con sus amigos a un bar; las luces neón le iluminaban la cara, los hombros descubiertos, la cintura ceñida por otros brazos; Zara pavoneándose. Hombres. Mujeres. Siempre alguien más. Y ese guiño seductor que conoces bien, esa mirada que atraviesa a cualquiera, que no deja sobrevivientes. Julián estuvo con ella. Todo tuvo que quedar en las redes sociales, todo tiene que mostrarlo. Ridícula. Engreída.

Sabes que, aunque se acueste tarde, se despierta al alba a hacer ejercicio, aunque le duela la cabeza, aunque el cuerpo le exija descanso. Su autocontrol es, más que implacable, obsesivo. «La doble disciplina», ella lo llamaba, como si fuera una virtud y no una forma de autocastigarse. Debajo de ese comportamiento maniaco se esconde mucho dolor, algo insoportable. Eso te hace amarla hasta la médula.

Y odiarla aún más.

A veces dudas de ella, insistes en que todo es parte de una fachada, un personaje cuidadosamente construido para los demás, por ella misma. En definitiva, es una mujer atrapada en su propia rigidez, pero más que aliviarle, le atormenta. Te preguntas si de verdad disfruta de sus rutinas o si solo se aferra a ellas porque es el único sentido que le da a sus días.

No sabes si es consciente de lo mucho que la observas. O si ha decidido ignorarlo, una vez más, como todo en su vida.

Sigue hablando, más para sí misma que para ti.

Con el pretexto de ir por agua a la cocina, te levantas. Abres el refrigerador; el aire fresco que emana de él te espabila. Antes de regresar, la ves de espaldas: permanece quieta, inhala profundamente. Su espalda se curva; está cansada. Vuelve a suspirar. Te colocas de pie detrás de ella, muy cerca. En ese momento suena el reloj.

Le masajeas los hombros, se relaja.

—Tengo una sorpresa para ti.

—¿En serio? —responde entusiasmada.

Le vendas los ojos con la servilleta de tela.

Después le das un tierno beso en la mejilla. Levanta la cabeza, extrañada.

—No te muevas.

Deslizas la servilleta de tela hacia abajo, rodeas el cuello, haces un nudo y comienzas a ahorcarla con todas tus fuerzas.

—No va a doler —le adviertes.

—No, por favor…

De su boca sale un gemido inarticulado, suplicante, quebrado. Aprietas más. Da manotazos torpes que apenas te rozan; la desesperación hace que agite los brazos. Te inclinas hacia atrás para evitar que se aferre a ti; no puede, tu ímpetu supera al suyo. La tela en su cuello se tensa aún más. Quiere gritar, un jadeo sofocado; ahora presionas con tus manos su tráquea para evitarlo. No puede girar la cabeza, sus pies golpean el suelo, le vienen espasmos erráticos. Las copas caen, un plato se estrella en el piso; se escucha un estruendo, la música sigue y los gemidos de ambas se funden. Caen. El impacto les roba el aliento por un instante. Estás encima de ella. Vuelves a colocar tus manos alrededor de su cuello, sigues quitándole el aire como puedes. De su garganta salen graznidos; se sacude de un lado a otro en un último esfuerzo por liberarse de ti mientras la prensas con cada fibra de tus músculos. Sientes la quijada rígida, no puedes tragar. Mantienes la presión sobre ella, te arden los músculos, estás por desistir, aprietas más: no puedes ceder, no ahora, cuando falta tan poco. Das un último jalón. Sus ojos se encuentran con los tuyos. En esa fracción de segundos ves el terror, el miedo; ella comprende lo que está pasando, no quiere rendirse. Recordarás esta imagen. Sus gestos se ablandan de golpe. Tu rival deja de poner resistencia. Se desvanece. Mantienes la presión, cuentas los segundos: tres, cuatro.

—Te amo, te odio, ladrona, te amo, puta, copiona —gruñes—. Eres todo lo que no he podido ser, tienes todo lo que yo no tengo.

Diez.

Doce.

Cuarenta.

Has terminado.

La sueltas con suavidad: ahora es frágil. La recuestas sobre el suelo, te arrodillas junto a ella. Sus ojos miran hacia al frente, más allá de ti, pero ya no están vivos. Contemplas su cuerpo rendido. En sus labios, hay una ligerísima sonrisa que te perturba. No debería estar ahí. Esconde una burla, como si te dijera «No me has vencido del todo». Pero no, solo es la muerte quien le ha dado esa expresión.

Tragas saliva.

Tiemblas.

Pronuncias su nombre dos, tres veces, como un conjuro. Le acaricias el pelo, las mejillas.

Tienes la garganta seca y tu corazón late a toda velocidad. Un líquido ácido sube por tu esófago, te quema la tráquea, amenaza con expulsarse; logras contenerlo. Te pones de pie. Buscas los cuchillos. Comienzas.

Llegas a casa agotada y con dolor de cabeza. Te palpitan las sienes como metrallas, un dolor que no reconoces como propio, viene de otra parte, de otra piel. Pero quien quiere contar una historia no debe parar. No importa el clima, las circunstancias. No importa la salud ni el estado de ánimo.

Respiras hondo. Enciendes la computadora; el zumbido de la máquina llena el espacio. Tu cuerpo te mantiene alerta: la espalda encorvada incomoda, la presión en las vértebras crece. El ardor en la base del cráneo te hace pensar. Pero no te detienes en eso. No ahora.

Colocas a un lado la lengua, aún húmeda. Una oreja con el lóbulo perforado, sin aretes. La parte de la nariz amoratada y con costras. Los ojos como globos se van desinflando por segundos.

Los dos dedos índice con esmalte negro en las uñas. Están rígidos, fríos, separados de la carne que los sostuvo.

Los tomas con cuidado, uno en cada mano. Sientes el peso muerto, el tacto extraño y ajeno.

Los sujetas con firmeza. Escribes con ellos.

Sin dudas.

Sin pausas.

«Un charco rojo en el piso refleja tu silueta, como un espejo que todo lo observa y que te devuelve una versión distorsionada de ti misma».

Con los dedos de Zara, con la precisión exacta que siempre admiraste en ella, presionas una tecla, luego otra: es un ritmo distinto, no es tuyo, pero ahora lo dominas. Brotan oraciones, párrafos enteros, sensaciones que no sabías que guardabas. Te llegan las ideas a chorro. Describes lo que te viene a la mente, olores, sabores. Sentencias, escenas bien construidas, personajes que cobran vida fácilmente, diálogos que sucedieron.

—*Linger on your pale blue eyes…* —cantas con voz baja.

Ahora puedes escribir como ella. ¡Estás escribiendo como ella! Con soltura, sin esfuerzo. Con la tensión narrativa que tanto envidiabas. No te detienes, no vacilas; cada golpe en las letras es exacto, como el de un martillo rompiendo el concreto. Observas su anillo en tu dedo anular. Te lo pones. Lo ajustas. El metal quema, el ardor se extiende, trepa hasta la muñeca, como si el anillo latiera y te consumiera por dentro.

La tecla Z se hunde de más, viene un ruido seco. Aparece su nombre: Zara. Lo cambias. También el tuyo, el de Maia, Ángel, Madrigal, el de todos.

Distinta ciudad, diferentes tiempos.

La última escena se despliega en la pantalla. Es la más importante. La que faltaba, la que no habías podido escribir. La que acaba de suceder en casa de Zara. Las palabras se desbordan, se atropellan. Las teclas chasquean con la presión de los dedos de tu amiga entre los tuyos.

Sobre el teclado caen gotas de sangre. Imborrables.

Una.

Otra.

Y otra.

Pasas frente a lo que fue la oficina de Maia Arzate. En un principio te resultaba ajena, fría, impersonal, como cualquier otra, pero con el paso del tiempo y las repetidas visitas se fue haciendo más familiar. Ahora ese espacio se encuentra vacío, ya no huele a tabaco, las persianas están cerradas, el escritorio está intacto, no está la cajetilla de los Benson a medio acabar ni tampoco la taza con plumas y lápices. Ya no hay rastros de su presencia. Avanzas por el pasillo. Al fondo, una puerta más grande, más imponente.

«Maia Arzate, Directora general».

Una asistente se acerca.

—Va a tardar algunos minutos. Puedes esperarla adentro —te dice con una forma ensayada.

La oficina refleja un ascenso evidente. Alfombrada, silenciosa. El escritorio es amplio, la superficie de cristal, un macetón a un lado. Hay una laptop y, encima, los cigarros. Un librero ocupa la pared lateral con estantes de arriba abajo, los tomos acomodados en perfecto orden. Hay uno que sobresale, el lomo está unos centímetros fuera del borde, como si una fuerza invisible lo empujara hacia ti o como si algo, o alguien, insistiera en señalarlo. Te acercas. Lo reconoces. Lo has leído más de una vez, podrías reconstruirlo incluso con los nombres cambiados, las escenas modificadas, los lugares distorsionados.

Es la novela que cuenta con espeluznante maestría la vida de tu bisabuela.

La novela con la que Zara Castell ganó el premio Aquelarre hace dos años.

—Fue lamentable —pronuncias al percibir la presencia de Maia—. Recuerdo el homenaje que Madrigal le hizo, tan solemne, tan pulcro. Un lindo reconocimiento *post mortem*.

Acaricias el libro, deslizas el índice por la portada, por el título, por el nombre de la autora.

—Un asesinato era lo que te faltaba para terminar tu novela, la que nunca me entregaste —sentencia Maia, mirándote directamente.

—Querías una novela policiaca, ¿no? Un *thriller*. Uno de verdad, a la altura de los grandes. Aquí la tienes. —Le entregas un engargolado.

—Eugenia...

—Se te olvida que tú misma me dijiste que para eso debía hacer lo que fuera necesario. Lo. Que. Fuera. Necesario —elevas el tono de voz y gesticulas al decir esas últimas palabras.

En los segundos subsecuentes casi puedes adivinar los pensamientos de tu editora. El aire se siente denso.

Maia Arzate no se iba a conformar con ser una editora prestigiosa. No le bastaba. Ahora tiene poder, respeto, un puesto muy codiciado. Pero sostenido por una moral tambaleante, tan endeble como la tuya. Tan torcida como la de Zara, la mosca ahora literalmente muerta, atrapada en la telaraña editorial.

Las dudas y sospechas atormentarían a Maia como cuervos acechando a su presa. Pero cuando llegaran los flashes, las palmadas en la espalda, al momento de recibir felicitaciones y aplausos, quedarían esfumadas. No solo había tenido gran éxito el Aquelarre de novela negra escrita por mujeres mexicanas: la creación de un nuevo sello editorial en Madrigal, bajo la misma línea, fue el engranaje perfecto para su reconocimiento. Un triunfo asegurado en el clima social y cultural tan ávido de justicia y reivindicaciones feministas.

Suena el teléfono, una, dos, tres veces.

—Acaban de anunciar el fallo —la voz de Maia suena entrecortada.

Se otorga el premio Madrigal a Eugenia Cuevas por su novela *El invierno llegó sin avisar* donde, de una forma inquebrantable, explora la condición humana a través de una narrativa que difumina los límites entre la realidad y la ficción, creando un espejo literario en el que todos podemos reconocernos con una claridad perturbadora. Con prosa sobria pero incisiva y en un mundo saturado de relatos prefabricados, Eugenia Cuevas muestra un estilo peculiar con el que ha elevado el *thriller* a un arte literario que no solo entretiene, sino que sacude conciencias. La pluma de la mexicana Eugenia Cuevas es un cuchillo afilado que desentraña los secretos que el mundo literario siempre ha querido enterrar.

Te envuelves en tu abrigo antes de salir, el roce áspero de la lana contra tu piel te incomoda. Bajas las escaleras con pasos pausados. Al abrir la puerta, una ráfaga de viento choca contra tus mejillas. Un estornudo te sacude. La luz pálida y trémula te recibe, te hiere; parpadeas varias veces. Tu ojo izquierdo está descubierto, apagado debajo del párpado; con el otro ves borroso, como si estuvieras detrás de un cristal empañado que no has podido limpiar en años. Poco a poco vas aclarando la vista, y la neblina interna se disipa. El mundo se revela frente a ti. En la calle resuena el crujido de la nieve con cada paso de los transeúntes que caminan bajo el deslavado sol que apenas se asoma entre las nubes. Avanzas.

Llegas a un parque. Un grupo de niños juega a la guerra de nieve. Arrodillados, moldean con sus manos entumecidas esferas alineadas como balas de cañón para arrojárselas unos a otros. Tomas asiento en una banca para mirarlos, oír las risas cómplices.

Levantas el rostro por un instante. Las diminutas escamas heladas se posan sobre tu piel, casi transparentes: cientos, millares, innumerables copos que caen del cielo. El paisaje sigue tapizándose de blanco.

Te frotas las manos para calentarlas, una y otra vez, percibes restos de una textura viscosa. Hay diferentes tonos de rojo entre los dedos y las uñas, en las palmas y el dorso. El viento helado y la nieve te congelan las manos, la cara y el corazón salvaje con el que vives, siempre solo y desamparado.

Sigue nevado.

Tienes frío.

El invierno llegó sin avisar, como la muerte, como el amor. Como el final de algunas vidas y de algunas novelas.